LE MIRACLE DE MAGGIE

Roman

KAREN KINGSBURY

Traduit de l'américain par
Danielle Champagne

Copyright ©2003 Karen Kingsbury
Titre original anglais : Maggie's miracle
Copyright ©2004 Éditions AdA Inc. pour la traduction française
Cette publication est publiée en accord avec Warner Books, Inc., New York, NY

Traduction : Danielle Champagne
Révision linguistique : Nicole Demers, André St-Hilaire
Révision : Nancy Coulombe
Infographie : Sébastien Rougeau
Graphisme de la page couverture : Sébastien Rougeau
ISBN 2-89565-194-9
Première impression : 2004
Dépôt légal : quatrième trimestre 2004
Bibliothèque Nationale du Québec
Bibliothèque Nationale du Canada

Éditions AdA Inc.
1385, boul. Lionel-Boulet
Varennes, Québec, Canada, J3X 1P7
Téléphone : 450-929-0296
Télécopieur : 450-929-0220
www.ada-inc.com
info@ada-inc.com

Diffusion
Canada :   Éditions AdA Inc.
France :   D.G. Diffusion
             Rue Max Planck, B. P. 734
             31683 Labege Cedex
             Téléphone : 05-61-00-09-99
Suisse :   Transat - 23.42.77.40
Belgique :   D.G. Diffusion - 05-61-00-09-99

Imprimé au Canada

Participation de la SODEC.
Nous reconnaissons l'aide financière du gouvernement du Canada par l'entremise du Programme d'aide au développement de l'industrie de l'édition (PADIÉ) pour nos activités d'édition.
Gouvernement du Québec - Programme de crédit d'impôt pour l'édition de livres - Gestion SODEC.

Catalogage avant publication de Bibliothèque et Archives Canada   ꕷODEC

Kingsbury, Karen

    Le miracle de Maggie
    Traduction de : Maggie's miracle.
    ISBN 2-89565-194-9

    I. Champagne, Danielle, 1958-   II. Titre.

PS3561.I548M3314 2004   813'.54   C2004-941667-7

Dédié à...

Donald, mon éternel prince
Kelsey, ma gaieté merveilleuse
Tyler, mon chant favori
Sean, ma joie indescriptible
Josh, mon gentil géant
Ej, mon élu
Austin, mon garçon miraculeux

Et à Dieu Tout-Puissant, créateur de la vie,
qui jusqu'à maintenant
m'a fait jouir de ces bienfaits.

LE MIRACLE DE MAGGIE

PROLOGUE

La lettre était sa meilleure idée jusqu'à maintenant.

Jordan Wright avait déjà parlé de son souhait à Dieu, mais jusqu'à présent rien n'était arrivé. Mais une lettre… une lettre attirerait à coup sûr l'attention de Dieu. Pas les dessins colorés qu'il aimait envoyer à grand-papa en Californie. Une vraie lettre. Sur le papier de fantaisie de sa mère, rédigée sans aucune faute et de sa plus belle écriture, de façon que les « a » et les « e » soient bien droits sur la ligne, comme ils devaient l'être pour un élève de deuxième année.

Ainsi, Dieu la lirait certainement.

Grand-maman Terri écoutait son ennuyeuse émission d'adulte à la télévision. Des gens qui s'embrassaient, qui pleuraient et qui se disputaient. Tous les jours, sa grand-mère allait le chercher à l'école St. Andrews et le ramenait à leur appartement d'Upper East Side dans Manhattan.

Elle lui donnait une collation, puis faisait passer la vidéocassette de son émission d'adulte. Jordan pouvait se préparer des laits frappés, colorer accidentellement les murs ou sauter sur son lit durant une heure quand grand-maman écoutait son émission. Tant qu'il ne faisait pas trop de bruit, elle ne remarquait rien.

« C'est mon moment de répit, Jordan », lui annonçait-elle en prenant un air autoritaire. « Va t'amuser. »

Quand l'émission était terminée, elle allait le retrouver et poussait un soupir. « Jordan, disait-elle, qu'est-ce que tu fabriques encore ? Pourquoi ne restes-tu pas tranquille à lire comme les autres enfants ? » Elle parlait lentement, d'un air las, et Jordan ignorait ce qu'il devait faire.

Jamais elle ne le réprimandait ni ne l'envoyait dans sa chambre, mais une chose était certaine : elle n'aimait pas le garder. La veille, Jordan l'avait entendue le dire à sa mère.

« Je ne peux pas m'occuper éternellement de ce garçon, Megan. Voilà deux ans que George est décédé. Tu as besoin d'une gardienne. » Puis, dans une sorte de soupir, elle avait poursuivi : « Le garçon m'épuise. »

Jordan avait capté cette conversation de sa chambre. Il était désolé car peut-être était-ce à cause de lui que sa grand-mère n'en pouvait plus. Puis, il avait entendu sa mère répondre : « Je n'arrive pas moi non plus à m'occuper de lui. Alors, nous sommes deux. »

Après, Jordan n'avait pu avaler son dîner.

Depuis ce jour, il savait que le moment était venu. Il devait faire tout son possible pour obtenir l'attention de Dieu parce que, si son souhait ne se réalisait pas bientôt, sa mère et sa grand-mère cesseraient peut-être de l'aimer.

Ce n'est pas qu'il voulait causer des problèmes, mais il avait parfois des idées farfelues. Par curiosité, il voulait savoir ce que goûtait un lait frappé préparé avec des glaçons. Mais était-il censé savoir que la machine à fouetter le lait avait un couvercle ? De plus, calquer en rouge le tigre du calendrier suspendu au mur n'était probablement pas une bonne idée car il arrive que les crayons dérapent.

Il but la dernière gorgée de son lait, tenant la tasse de manière que les dernières miettes de biscuit glissent jusqu'à sa bouche. Les biscuits étaient la meilleure collation de toutes. Il plaça la tasse sur le comptoir, descendit du tabouret, puis se rendit dans le bureau de sa mère sur la pointe des pieds. Il n'avait pas la permission d'y entrer, sauf quand sa mère y travaillait à ses dossiers juridiques et qu'il avait une question importante à lui poser.

Toutefois, aujourd'hui elle aurait accepté car une lettre à Dieu était une affaire sérieuse.

C'était une grande pièce propre remplie de meubles en bois. Sa mère était une avocate qui enfermait les méchants en prison. Elle devait parfois travailler tard le soir et les dimanches. Jordan ouvrit un tiroir près de l'ordinateur de sa mère et prit deux feuilles de papier et deux enveloppes ; en cas d'erreur, il faudrait recommencer. Puis, il sortit doucement dans le corridor et se rendit à sa chambre. Il avait un pupitre et des crayons mais ne s'en servait jamais puisque les élèves de deuxième année à St. Andrews n'auraient des devoirs qu'après Noël.

Une fois, il avait demandé à sa mère ce qui arriverait s'il ne pouvait faire ses devoirs quand il en aurait. Et si ces devoirs allaient être trop difficiles ?

– Ce ne sera pas trop difficile, Jordan.

Les sourcils de sa mère s'étaient soulevés d'une manière qui signifiait qu'elle ne voulait plus d'autres questions.

– Es-tu certaine ?

– Oui, tout à fait certaine.

– Pourquoi ?

– Parce que, Jordan, quand j'étais en deuxième année, je connaissais toutes les réponses. Si tu as de la difficulté, je vais t'aider.

Il s'était alors senti un peu moins effrayé. Toutes les mères des élèves de deuxième année ne connaissaient certainement pas *toutes* les réponses. Si elle savait tout, il n'aurait donc pas trop de problèmes avec ses devoirs, ce qui était une bonne chose car Noël approchait.

Il s'installa à son pupitre, prit un crayon dans le coffret et étala la feuille devant lui. L'espace blanc lui parut très vide et Jordan le contempla un bon bout de temps. Dieu allait lire cette lettre ; il devait donc faire de son mieux. De grands mots feraient une bonne impression. Il se redressa un peu dans son fauteuil, inspira profondément et se mit à écrire.

Cher Dieu, je m'appelle Jordan Wright et j'ai huit ans. J'ai quelque chose à vous dmander. J'ai déja essayer avan, mais peut-être que vous étier ocupé. C'est pour ca que j'ai décider de vous écrir une lettre à la place.

Quand il eut terminé, sa main était endolorie. L'émission d'adulte de grand-maman s'achèverait bientôt car il entendait l'indicatif musical. Dans quelques minutes, sa grand-mère viendrait le chercher. Il plia rapidement la lettre en deux, passa son doigt le long du pli et la replia. Puis, il la glissa dans une enveloppe et lécha le rabat pour la cacheter. Soigneusement, il inscrivit « Dieu » au recto. Soudain, son crayon dérapa un peu vers le bas. Il avait oublié quelque chose.

Il ne connaissait pas l'adresse de Dieu.

Son cœur se mit à battre très fort. Dieu vivait au ciel, c'était un début. Mais comment trouver les chiffres ? Jordan entendait des pas qui se rapprochaient ; il ne voulait pas que grand-maman voie la lettre. Peut-être voudrait-elle la lire, ce qui gâcherait tout parce que c'était un secret entre lui et Dieu. Il scruta sa chambre et aperçut son sac à dos près de son lit. Il courut y déposer la lettre. Demain, il la donnerait à sa mère sur le chemin de l'école. Elle connaissait certainement l'adresse de Dieu.

Elle savait tout.

CHAPITRE 1

Megan Wright entra dans la cuisine en ajustant sa blouse dans sa jupe marine. Son plaidoyer initial le plus important du mois avait lieu dans moins d'une heure.

– Nous partons dans deux minutes, Jordan..

– Juste une seconde.

– Non, pas une seconde de plus.

Elle replaça une mèche de cheveux rebelle et prit une rôtie froide sur le comptoir. C'était le moment de la journée où George lui manquait le plus car c'était lui qui prenait les choses en main le matin. Tant qu'il pouvait arriver au travail à huit heures trente, il était heureux. Or, elle avait souvent des séances d'information et des dépositions qui commençaient plus tôt.

– *Tout de suite,* Jordan. J'ai une audience aujourd'hui.

Elle versa deux verres de jus d'orange, en saisit un et se tourna vers l'armoire à vitamines. Deux C, une A, une

E, une complexe B, une CoQ_{10} et deux comprimés d'ail. Elle goba les pilules en une seule lampée de jus. George avait une vingtaine d'années de plus qu'elle. C'était un homme qu'elle avait respecté et tenté d'aimer. Toutefois, la forteresse qui entourait les plus profondes émotions de George était cernée de fils de fer barbelés et complètement inaccessible. En sa présence, Megan ne s'était jamais sentie rien de plus qu'une associée amiable. L'amour dont elle avait rêvé ne s'étant pas matérialisé, Megan en était venue à ressembler à George. Mariée à sa carrière.

Ni l'un ni l'autre n'avaient prévu Jordan dans leurs plans.

Cependant, la surprise donnant lieu à des nouvelles possibilités, Megan avait cru pendant un moment que George consacrerait moins de temps à son travail et prendrait goût à la paternité. Ils passeraient des moments paisibles ensemble, à regarder leur bébé dormir et à imaginer son avenir. Ils trouveraient enfin la joie et la passion, et elle mènerait alors la vie qu'elle avait toujours espérée. Ce rêve ne s'était jamais vraiment réalisé. À cette époque, George approchait la cinquantaine. L'idée d'avoir un fils l'enthousiasmait – un enfant qui perpétuerait son nom –, mais il demeurait toujours aussi distant avec Megan.

Sa mère vivait avec eux depuis la mort de George. Megan avait cru que cet arrangement était parfait pour chacun d'eux. Cette même année, sa mère avait cessé d'enseigner en Floride et avait pris sa retraite ; son revenu était donc limité. Elles partageraient les dépenses et sa mère pourrait s'occuper de Jordan après l'école et durant les week-ends. Cependant, Jordan constituait une responsabilité trop lourde pour sa grand-mère, particulièrement maintenant que le temps s'était refroidi et qu'ils se retrouvaient plus souvent à l'intérieur.

Elle mit le verre de jus dans le lave-vaisselle.

– Jordan !

Les chaussures de tennis de son fils résonnèrent sur le parquet de bois du corridor tandis qu'il accourait vers elle.

– Désolé, maman.

Megan contempla son garçon et sentit qu'elle perdait patience.

– Jordan, orange et vert ?

– Mlle Hanson a dit qu'octobre était le mois de la couleur orange.

– Mlle Hanson n'est pas ta mère, répliqua Megan en pointant le doigt vers le corridor. Trouve des vêtements assortis et vite. Nous devons partir.

– D'accord.

Jordan repartit à la course en sens inverse, d'un pas un peu plus lent cette fois.

Megan jeta un coup d'œil à l'horloge du four à micro-ondes. Sept heures seize. Pour être à l'heure, il faudrait attraper tous les feux verts sur Broadway. Elle se précipita dans la salle de bain, se brossa les dents et vérifia sa mine. Bien mise, l'air professionnel, les cheveux foncés noués selon un style conservateur et juste assez de maquillage. Elle faisait encore tourner des têtes, non pas à cause de sa beauté mais parce qu'elle avait du pouvoir.

À trente-deux ans, elle était l'un des procureurs les plus jeunes du quartier et elle avait de l'ambition. Elle voulait se retrouver à la tête du bureau du procureur d'État. Ce n'était pas son but avant la crise cardiaque de George mais, à présent qu'elle était seule pourvoyeuse, elle devait continuer à obtenir des promotions.

– Jordan, tout de suite ! dit-elle après avoir empoigné sa veste de cuir et pris son sac sur son épaule.

– J'ai été plus rapide que toi ! », lui fit remarquer l'enfant, qui l'attendait près de la porte.

Il souriait à belles dents. Désarmée, elle esquissa elle-même un sourire d'une demi-seconde.

– Très drôle.

– Une audience très importante ? s'enquit Jordan en lui ouvrant la porte.

– La plus importante de toutes, répondit-elle en verrouillant.

À toute vitesse ils descendirent les marches et aboutirent dans la rue. Il pleuvait. Megan fit signe au premier taxi qu'elle aperçut.

– Monte, Jordan. Dépêche-toi.

Il lança son sac à dos à l'intérieur, avant de prendre place. Avant même que la portière soit fermée, elle dit : « Cinquième et 102e. Vite. »

Cette routine se répétait chaque matin, mais la marge d'erreur était parfois réduite, comme c'était le cas ce jour-là. Ils approchaient de l'école lorsque Jordan sortit quelque chose de son sac à dos et le plaça dans le sac à main de Megan.

– Eh, maman, tu peux mettre ceci à la poste, s'il te plaît ?

Megan extirpa un dossier de son sac et l'ouvrit. Les notes concernant l'audience s'y trouvaient quelque part. La veille, elle les avaient étudiées jusqu'à passé minuit mais, afin d'être parfaitement préparée, elle se devait de les revoir de nouveau.

– Maman ?

Le dossier reposait sur les genoux de Megan. Elle regarda Jordan.

– Qu'y a-t-il, mon chéri ? Maman est occupée avec ses notes.

– Je suis désolé, dit-il en baissant les yeux un moment. J'ai mis quelque chose dans ton sac.

– D'accord...

Megan se concentra. « Qu'avait dit son garçon ? Quelque chose à propos de la poste ? « De quoi s'agit-il, déjà ? »

Jordan retira une enveloppe blanche de la pochette latérale du sac.

– C'est une lettre. Peux-tu inscrire l'adresse et la mettre à la poste c'matin ? C'est important.

– *Ce* matin.

Megan haussa les sourcils en signe de réprimande. L'enseignement à St. Andrews n'était pas à la hauteur de ses attentes. Un enfant de huit ans aurait dû posséder de meilleures aptitudes scolaires. Bien sûr, il pouvait frapper un coup de circuit, mais cela l'aiderait-il au moment d'entrer à l'université ? Elle lui tapota la joue.

– Il faut dire *ce* matin et non c'matin.

– Ce matin, répéta Jordan, docile. Tu vas le faire, hein, m'man ? S'il te plaît.

Elle reporta son regard sur son dossier qu'elle rapprocha de son visage.

– Bien sûr, le rassura-t-elle en lui adressant un petit sourire. Ne t'inquiète pas.

La lettre était probablement destinée à son grand-père Howard qui vivait en Californie mais, ordinairement, il adressait lui-même ses lettres.

Le taxi se faufilait à travers un déferlement de jaune matinal que Megan remarquait à peine puisqu'elle étudiait ses notes. La condamnation était assurée. Âgé de dix-neuf ans, le défendeur était accusé de son premier meurtre. C'était le chef d'une bande d'adolescents qui avaient passé une semaine l'été dernier à guetter leurs victimes féminines, la nuit dans Central Park. Chaque fois, les jeunes avaient surveillé leur proie plusieurs jours afin de déterminer la façon dont elle marchait, l'endroit d'où elle venait et l'heure à laquelle elle passait.

Au moment opportun, ils empoignaient leur victime et l'étranglaient avec un câble de traction pour lui dérober jusqu'à son dernier sou. Ils jetaient le corps dans les buissons et prenaient la fuite par des chemins secondaires menant à la rue. Les deux premières fois, la bande s'en était sortie indemne. La troisième, un agent de police qui s'adonnait à passer par là en dehors de ses heures de travail avait entendu quelqu'un se débattre dans un boisé. Il s'était précipité dans les ronces et une fusillade avait éclaté. La victime s'en était tirée avec des blessures au cou, mais le policier et l'un des membres de la bande avaient été tués.

Megan voulait la peine de mort.

Le taxi freina brusquement. « St. Andrews », annonça le chauffeur sans se retourner.

– Tu es arrivé, mon chéri, prends ton sac, dit Megan en se penchant pour poser un baiser sur la joue de Jordan.

Jordan saisit son sac à dos, sortit de la voiture et s'adressa à elle :

– N'oublie pas, hein ?

À quoi faisait-il référence ? « Oublier quoi ? »

– Maman ! »

Les épaules du garçon s'affaissèrent quelque peu.

– Ma lettre. N'oublie pas de poster ma lettre.

– D'accord… désolée, s'excusa Megan en lui faisant un signe de tête convaincant. Je n'oublierai pas.

– Promis ?

Un vague désespoir perçait dans ses yeux de petit garçon. Megan eut l'impression de le voir pour la première fois ce matin-là. C'était un enfant formidable, vraiment, et elle l'aimait d'une manière qui parfois l'effrayait. Alors, pourquoi ne passait-elle pas plus de temps avec lui ? Elle ne trouva aucune réponse et ressentit soudain un immense besoin de l'étreindre. Peu importe si elle manquait l'audience.

Elle descendit de la voiture, s'approcha de lui et l'attira dans ses bras, ignorant l'air surpris de son fils. Elle murmura tranquillement sa réponse dans la chevelure de son fils.

– Promis.

Durant ce moment éphémère, elle savoura son odeur, son corps blotti contre elle. Comme quand il était petit.

– Passe une belle journée, lui dit-elle.

Ses bras se serrèrent quelque peu et il pressa son visage contre elle.

– Je suis désolé de te causer tant de problèmes.

– Tu ne me causes pas tant de problèmes, mon chéri, nous allons finir par trouver une solution, dit-elle en consultant sa montre. O.K., mon chou. Maman ne peut pas arriver en retard. Je t'aime.

– Je t'aime aussi.

Jordan la regarda une dernière fois, puis s'élança sur le trottoir vers l'école St. Andrews. Megan remonta dans le taxi et le suivit du regard jusqu'à ce qu'il ait franchi la porte, puis elle s'adressa au chauffeur d'un ton plus assuré :

– La Cour suprême sur Center. Vite.

Elle remit ses notes en ordre et les replaça dans le dossier.

Le soir était tombé quand Megan a enfin pu prendre une tasse de café, s'asseoir et revoir les causes sur lesquelles elle avait travaillé ce jour-là. L'audience s'était passée à merveille. Le jury – composé de femmes mariées et d'hommes à la retraite – était assurément l'un des plus conservateurs que l'on puisse former dans Manhattan et le mot d'ouverture qu'elle avait prononcé était tout à fait pertinent. Tandis qu'elle se rassoyait, tous les jurés l'avaient approuvée d'un signe de tête. Les formalités du procès dureraient deux semaines, puis elle obtiendrait la condamnation.

Elle aimait téléphoner à Jordan lorsqu'il revenait de l'école, mais l'audience s'était prolongée en après-midi par une séance d'information et deux dépositions tardives. Il était maintenant dix-neuf heures et elle n'avait pas encore eu le temps de réviser les cinq dossiers étalés sur son bureau. Elle les étudia un à un, vérifiant les faits, examinant les listes de témoins, recherchant les failles, se mettant dans la peau d'un avocat de la défense afin de s'assurer qu'aucun détail ne lui échappait. À dix-neuf heures trente, elle était convaincue que tout était sous contrôle.

Megan rangeait les dossiers dans un classeur lorsque le téléphone sonna. Elle prit le récepteur tout en continuant à classer les documents.

– Allô.

– Megan, j'en ai assez. Le garçon a installé une piste de course dans la salle de bain et a évacué une Mustang par la chasse d'eau. Il y a deux centimètres d'eau sur le plancher et le gérant de l'immeuble va bientôt arriver parce que Mme Paisley, du 204, s'est plainte que son plafond coulait.

Sa mère fit une brève pause pour reprendre son souffle.

– J'ai préparé du poulet pour souper, mais il ne veut pas manger. Je l'ai donc envoyé lire dans sa chambre. Il pleure depuis une demi-heure.

Megan ferma le tiroir du classeur et se laissa tomber dans son fauteuil.

– Son plafond coule ? Maman… quand l'inondation s'est-elle produite ?

– Il y a quelques minutes. Et puis, ne prends pas ce ton avec moi.

– Tu écoutais ton téléroman, n'est-ce pas ? Pas étonnant qu'il jouait dans la toilette.

– Megan, le garçon pleure. Reviens à la maison. Nous discuterons ici.

La circulation automobile était un vrai cauchemar. Pendant le trajet, Megan réfléchit à sa vie. Les larmes n'étaient rien de nouveau pour Jordan ces derniers temps. Elle examina ses options, mais aucune ne lui apportait la paix. Sa mère avait raison, le garçon avait besoin d'un ami, de quelqu'un qui se promènerait et qui pratiquerait des sports avec lui. Mais où trouver cette personne ?

Une bribe de conversation lui revint à l'esprit. Elle avait entendu un couple discuter dans le corridor, à l'extérieur de son bureau.

– La pension alimentaire, c'est bien, mais il a besoin de plus que cela.

La femme paraissait en colère, mais parlait quand même à voix basse.

– Ce n'est pas mon problème. Je rédige les chèques, c'est tout ce que m'a ordonné la cour.

– Tu ne te rends pas compte que nous ne serions pas ici si tu avais passé au moins quelques jours par mois avec lui ! Les enfants ont besoin de plus que d'être nourris et logés.

À travers la fenêtre du taxi, Megan contempla les rues sombres et mouillées de New York. *Plus que d'être nourris et logés...* Les mots résonnaient dans la partie la plus isolée de son cœur, celle qu'elle avait refermée le printemps de ses treize ans.

De toute évidence, c'était le problème de Jordan. Il était seul, trop souvent en compagnie d'une vieille dame fatiguée. La vérité lui apparut en plein visage, écorchant son plan parfait. Plus tard, elle aurait du temps pour Jordan, quand elle se serait fait un nom comme procureure, qu'elle gagnerait beaucoup d'argent et qu'elle pourrait déterminer son propre horaire de travail. N'était-ce pas ce qu'elle s'était toujours dit ? Pour l'instant, Jordan n'avait besoin que de l'assurance de son amour. Et elle le rassurait constamment.

Elle arriva à la maison une demi-heure plus tard. Elle se sentait rarement fatiguée après une journée complète en cour. Exaltée, mais pas fatiguée. Aujourd'hui, toutefois, elle aurait souhaité ignorer la situation à propos de Jordan et aller directement au lit. Les trois volées d'escalier lui firent l'effet de cinq.

Jordan l'accueillit à la porte.

– L'as-tu fait ?

Megan le regarda dans les yeux. Elle referma la porte derrière elle.

– Fait quoi ?

– Posté la lettre, dit-il d'un ton rempli d'espoir. Tu l'as fait ?

Son cœur défaillit et elle résista au besoin de fermer les yeux.

– Bien sûr.

– Vraiment ? Tu as trouvé l'adresse ?

Cette fois, le mensonge vint facilement. Elle lui ébouriffa les cheveux et l'embrassa sur le front.

– Certainement.

– Merci, maman… tu es la meilleure, dit-il en l'enlaçant.

La culpabilité la saisit à la gorge. « Voilà une chose de réglée. » Elle avala péniblement et hésita.

– Que s'est-il passé dans la salle de bain ?

Une heure plus tard, toute l'histoire avait été racontée et elle le bordait dans son lit. Sa mère était maintenant endormie et elle put enfin prendre son sac et se retirer dans sa chambre. La lettre s'y trouvait toujours. Lorsqu'elle la sortit, son cœur flancha. Jordan n'avait griffouillé qu'un seul mot sur l'enveloppe : *Dieu*.

Il n'y avait pas d'adresse. Soudain, elle se souvint. Jordan lui avait demandé de l'adresser avant de la mettre à la poste. Megan ferma les yeux, serra la lettre contre son cœur et expira longuement. Puis, redoutant ce qu'elle allait découvrir, elle se jeta sur son lit et la décacheta. L'enveloppe ne contenait qu'une feuille, remplie de la plus belle écriture de Jordan.

Plissant les yeux, elle se mit à lire :

> *Cher Dieu, je m'appelle Jordan Wright et j'ai huit ans. J'ai quelque chose à vous dmander. J'ai déja essayer avan, mais peut-être que vous étier ocupé. C'est pour ca que j'ai décider de vous écrir une lettre à la place.*

Une sorte de douleur triste émergea du plus profond de l'âme de Megan, le lieu qu'elle réservait aux sentiments à propos de Dieu, aux prières et aux miracles. Jordan l'avait parfaitement énoncé. Dieu avait toujours été trop occupé pour entendre les prières d'une femme seule et délaissée. Et voilà qu'Il était encore trop occupé pour son fils. Elle grinça des dents et poursuivit sa lecture.

> *J'ai un désire et je veus vous z'en parler. S'il vous plait, Dieu, envoyez-moi un papa. Mon papa est mor car son cœur a arrêté de battre. Maintenant, je vis seul avec ma mère et ma grand-mère.*

Les yeux de Megan s'emplirent de larmes, rendant les mots moins distincts. Elle cligna les paupières et se força à continuer.

Mon ami Keith a un papa qui jou au base-ball avec lui et qui l'amène au parc le samdi. Aussi il l'aide à faire ses aditions et ses soustractions chaque jour aprè l'école. Maman est trop occupé pour faire ce genre de chose. Alors, Dieu, envoyez-moi un papa comme celui de mon ami. À noel, ce serait bien. Merci beaucoup. Avec amour. Jordan.

Megan essuya ses larmes et relut la lettre plusieurs fois. À la quatrième reprise, elle fut secouée de sanglots, de gros sanglots profonds qu'elle n'avait pas laissés jaillir depuis son enfance. Elle pouvait donner à Jordan tout ce dont il avait besoin, sauf la seule chose qu'il voulait. Un papa – un homme qui jouerait avec lui, qui l'aimerait et qui serait *son* père.

Ce fait l'attrista comme jamais depuis la mort de George.

Megan remit la lettre dans l'enveloppe et la glissa sous son oreiller. Puis, toujours vêtue de ses vêtements de travail, elle s'allongea sous la douillette et couvrit son visage de ses mains. Soudain, elle se revit à treize ans, seule sur les plages de sable de Lake Tahoe, affligée par ses propres pertes et cherchant désespérément des réponses.

C'était un garçon âgé de quinze ans. Grand, avec des cheveux pâlis par le soleil et des taches de rousseur. Durant une semaine, ils s'étaient rencontrés au bord de l'eau tous les jours. Comment s'appelait-il, déjà ? Kade machin-truc. Son souvenir n'était plus aussi précis qu'avant et elle se rappelait à peine son visage. Pourtant, jamais elle n'oublierait ce que ce garçon lui avait dit cet été-là.

— *Recherche l'amour véritable, Maggie. L'amour véritable ne meurt jamais.*

Megan avait contemplé le lac froid et avait secoué la tête. Ce genre d'amour nécessite un miracle, avait-elle répliqué. Rien de moins qu'un miracle.

— Alors, avait déclaré le garçon en souriant, c'est ce pour quoi je vais prier. Un miracle pour Maggie.

Megan se recroquevilla et laissa libre cours à ses sanglots. Pendant des années, elle avait cherché l'amour tel que défini par ce garçon. Un amour qui ne meurt jamais. Or, le garçon de la plage s'était trompé. L'amour – quoi qu'il était – mourait certainement. Et les miracles ? Eh bien, ils ne se réalisaient pas pour elle et n'étaient certainement pas sur le point de se réaliser pour Jordan.

Plus tôt son fils le comprendrait, mieux ce serait pour lui.

CHAPITRE 2

Les samedis matin étaient occupés à l'année longue au Casey's Corner de Midtown dans Manhattan. L'odeur des crêpes aux bleuets toutes chaudes et du bacon grésillant imprégnait l'air, tandis que le vacarme des plateaux et d'une dizaine de conversations servait de toile de fond pour les clients faisant la file à la porte. Ce café était un endroit très couru des touristes venus de partout et très apprécié parmi l'élite du monde des affaires de Midtown. Affichant un menu « éclectique et sain », on y offrait à la fois des sandwichs aux avocats et à la luzerne de même qu'une variété de gâteaux au fromage faits maison. La nourriture était fraîche et servie rapidement, et l'atmosphère aussi diversifiée et dynamique que la ville de New York elle-même. Depuis que Casey Cummins l'avait ouvert six ans auparavant, ce café était pratiquement devenu un lieu d'intérêt local.

Un habitué était en train de lui raconter une blague et Casey devait se rappeler de rire poliment. Son esprit était complètement ailleurs, échoué sur une île de souvenirs et de secrets qu'il ne partageait avec personne.

Surtout aujourd'hui.

Presque tous les jours, Casey venait au travail en faisant du jogging. Il portait des vêtements en nylon bleu affichant le nom d'une marque de commerce et des Nike blancs – toujours les mêmes. À la fin de la matinée, il retournait à son appartement au pas de course en traversant Central Park – une distance de vingt pâtés de maisons. Sa routine ne changeait jamais mais, ces jours-ci, Casey courait plus de kilomètres et empruntait rarement le chemin le plus direct. Pas qu'il avait besoin de cet exercice, mais il voulait éviter de se retrouver dans l'appartement désert qu'il appelait son chez-soi.

C'était le troisième samedi d'octobre. Casey passait aisément d'une conversation à une autre tandis qu'il exécutait sa ronde parmi les clients. « Joey… tu aimes ton nouveau boulot à la banque ? » ou « Eh, Mme Jackson, un autre samedi qui nous rapproche de Noël », ou encore « Marvin, mon gars, t'as vu les Nets ? Jason Kidd va les écraser net cette saison. »

Les heures passaient et Casey s'efforçait de rester dans le moment présent. Même si ses pensées étaient ailleurs, la routine du café lui était aussi familière que le fait de mettre un pied devant l'autre. Même par une journée comme aujourd'hui.

La foule commença à s'éclaicir vers midi. Casey prit place au comptoir.

– Grosse matinée, Billy-G.

Le vieux chef noir, à son poste devant le four, lui jeta un coup d'œil.

– Ça va... dit-il en examinant Casey un moment. Laisse tomber.

Casey cligna des yeux et continua à fixer le visage du vieil homme. Billy Gaynor était un homme marié tranquille, originaire du Nigeria. Il travaillait pour Casey depuis l'ouverture du café. La magie culinaire de Billy participait au succès du Casey's Corner tout autant que les plaques de rues et les souvenirs de Broadway bizarroïdes suspendus aux murs peints à la main. Casey et Billy-G étaient à la fois collègues et amis, surtout depuis la mort d'Amy. Ils étaient tous les deux veufs maintenant et, malgré les trente ans qui les séparaient, quand il avait une heure devant lui, c'est avec Billy-G que Casey préférait la passer.

Billy-G attendait. Casey saisit un pot de café qui traînait tout près, se versa une tasse et but une gorgée lentement.

– Oui, Monsieur, fit Casey en jetant un regard au-dessus de sa tasse fumante. Un autre merveilleux samedi matin dans notre merveilleux New York, n'est-ce pas Billy-G ?

Les sourcils de son ami se frayèrent lentement un chemin à travers la mince peau qui formait son front.

– Ne joue pas la comédie avec moi, Casey.

Il avança d'un pas lourd et vint s'appuyer sur le comptoir face à Casey.

– Y faut que t'en parles.

Le café étant encore assez bondé, Billy-G parlait à voix basse.

– Tu peux rien m'cacher, Casey. Je sais ce qui se passe.

Casey déposa sa tasse et baissa le menton. Il eut l'idée de sourire à nouveau, puis se ravisa.

– Qu'est-ce que tu sais, Billy-G ?

– C'est ton anniversaire de mariage, dit l'homme en s'approchant davantage. Un mois après le mien, tu t'souviens ?

Une sensation de pincement irrita les yeux de Casey.

– Ah, ça ? fit-il en reniflant bruyamment et en se redressant sur son tabouret. Ce n'est pas important, Billy-G. La vie continue.

– Oui, c'est vrai, la vie continue, acquiesça le vieil homme en reculant un peu, ses yeux fixant toujours ceux de Casey. Mais seul un idiot pourrait oublier une femme comme Amy, pas toi, hésita-t-il à dire avant de retourner vers la cuisine.

– Ouais, eh bien…

Casey plissa les yeux et inspira vivement. Il posa sa tasse et donna une petite tape sur le comptoir.

– C'est l'heure du jogging.

Billy-G s'arrêta et intercepta à nouveau le regard de Casey.

– J'suis là, Casey. Si tu veux parler. N'importe quand, j'serai toujours là.

– Merci.

Casey tourna la tête afin de figurer son chemin jusqu'à la sortie. Il avait la gorge serrée. Les souvenirs remontaient tout près de la surface. Certains jours, il pouvait parler d'Amy pendant des heures sans jamais sentir les larmes. En de telles occasions, il n'aimait rien de plus que rester avec Billy-G après la fermeture du café à se remémorer d'innombrables anecdotes du passé. Mais pas aujourd'hui.

Il fit un bref sourire à Billy-G.

– À demain.

Le trottoir lui paraissait comme de la glace sous ses pieds et Casey courait plus vite que d'habitude. Quelques habitués l'avaient salué d'un signe de la main, espérant un brin de conversation ou de rigolade, mais il avait été incapable de tenir une minute de plus. Billy-G avait raison.

Casey Cummins n'était pas un idiot et aujourd'hui il n'en pouvait plus de jouer le boute-en-train. C'était son huitième anniversaire de mariage et, si Amy et le bébé avaient été vivants, ils auraient passé la journée ensemble à célébrer la vie et l'amour, à chérir la magie qu'il y avait entre eux, cette sorte d'amour que si peu de gens partageaient.

Il prit Broadway vers le nord et traversa la rue menant à Central Park. Le problème, c'était que personne ne voulait entendre parler de sa perte. Pas vraiment. Les gens avaient leurs propres tragédies ; ils perdaient leurs emplois ainsi que leurs enfants dans les forces armées, leurs amours se rompaient, ils faisaient des faillites. Au Casey's Corner, tout le monde voulait une oreille sympathique et c'était son travail d'être attentif.

Cependant, il parlait rarement.

Casey diminua la cadence quelque peu et se dirigea vers le parc sur un sentier pavé. Il avait déjà entendu des gens questionner Dieu à la suite d'une tragédie. Ils se demandaient comment un Créateur bienveillant pouvait admettre un monde rempli de malheurs et de pertes. Certains de ses clients étaient tellement fâchés contre Dieu depuis le onze septembre qu'ils avaient cessé de croire en Lui.

Ce n'était pas du tout le cas de Casey.

Des malheurs se produisent dans notre monde. C'était aussi simple que cela. Une victime de viol âgée de quinze ans, la mère d'un bébé tué par un conducteur en état d'ébriété, l'épouse d'un policier fusillé – chacune de ces personnes avaient vécu son propre onze septembre le jour où elle avait été forcée de comprendre que, sans la foi, la vie était absurde.

Pas un seul instant n'avait de sens.

Le onze septembre de Casey était arrivé exactement une semaine après l'attaque terroriste. C'était le jour de l'accouchement. Amy s'était mise à saigner. Il l'avait amenée de toute urgence à l'hôpital Mount Sinai et, même lorsque les médecins lui avaient assigné une salle d'attente privée, il croyait encore qu'Amy et le bébé s'en sortiraient. Ce n'avait été que près d'une heure plus tard, quand un médecin épuisé avait avancé vers lui d'un pas traînant, qu'il s'était rendu compte que quelque chose n'allait pas.

– Je suis désolé, M. Cummins, nous les avons perdus tous les deux, le médecin avait-il dit, les larmes aux yeux.

Dès le début de l'accouchement, Amy avait été en hémorragie. Elle avait perdu trop de sang et il avait été impossible de les sauver, elle et le bébé.

Casey était un peu essoufflé à présent. Il tourna un coin et aperçut comme d'habitude les équipements de jeu en plastique vert et jaune et le grand toboggan à la droite. L'aire de jeu d'East Meadow n'était pas la plus vaste ni la plus fréquentée de Central Park mais, une fois installés à New York, Casey et Amy y étaient souvent venus. Normalement, il se remettait à courir après avoir jeté un coup d'œil sur le site qui évoquait quelques brefs souvenirs. Passé le banc usé ancré au fond près du grand toboggan, passé le lieu où il avait offert une bague à Amy, là où elle lui avait annoncé qu'elle allait avoir un bébé. Passé le coin tranquille où ils s'étaient enlacés en pleurant, une fois la poussière retombée après l'effondrement des tours jumelles.

Il ralentit le rythme et s'arrêta, les tempes palpitantes. Ce lieu, ce banc, constituaient un cimetière de souvenirs et la plupart du temps il était mieux pour lui de ne pas s'y arrêter.

Mais aujourd'hui…

Aujourd'hui, soudain il ne voulut être nulle part ailleurs.

L'air était empreint de fraîcheur et les buissons exhalaient une puissant parfum automnal. Casey se pencha vers l'avant et saisit ses genoux, le temps de reprendre son souffle. Puis, il se redressa et se croisa les mains derrière la tête. Pendant quelques secondes, il fit de petits mouvements circulaires avec ses pieds, jusqu'à ce que sa respiration redevienne normale. Une dizaine d'enfants étaient dispersés entre les balançoires et les toboggans. Leurs parents étaient regroupés un peu à l'écart ou assis sur des bancs, discutant et criant parfois pour les avertir de ne pas se tenir près des balançoires ou leur promettre qu'ils joueraient avec eux dans quelques minutes.

Les voix s'estompèrent. Casey se dirigeait au bout de l'aire de jeu. Leur banc était libre, comme d'habitude. Il était plus petit et plus vieux que les autres, et partiellement dissimulé par un buisson. Seulement la moitié des équipements de jeu était visible de ce banc ; c'est pourquoi les parents ne l'utilisaient pas.

Il s'assit, les jambes allongées. Le sol était humide et recouvert d'une couche de feuilles tombées depuis un mois. Casey fit dégringoler une motte de racine sombre et mouillée, puis croisa les pieds.

Huit ans.

Si Amy vivait encore, ils célébreraient bientôt une décennie de vie commune. Il renversa un peu la tête vers l'arrière et fixa le gris du ciel. « Allez, laissez-moi la voir… juste une fois. » Il plissa les yeux, se forçant à voir au-delà des nuages, là où Amy vivait encore, l'aimait encore, l'attendait.

Mais il ne put qu'apercevoir le tourbillon d'un ciel d'automne et son cœur se blottit encore plus creux dans sa poitrine. Il ferma les yeux.

« La douleur est maintenant pire que jamais. » Il retint son souffle, déterminé à maîtriser ses émotions. « Elle me manque tellement. »

Il ouvrit les yeux et un merle capta son attention. Il sautillait sur le trottoir à quelques mètres de lui, examinant et picorant le sol. Il s'arrêta et tourna la tête vers les arbres. Puis, sous une impulsion soudaine, il battit des ailes et prit son envol.

Casey le regarda jusqu'à ce qu'il disparaisse. Si Amy avait été avec lui, elle aurait passé son bras autour de ses épaules en lui disant que ce merle pouvait lui apprendre quelques leçons. Que pouvait-il y avoir de bien à tourner en rond sur le sol ? Cela faisait deux ans et Amy aurait souhaité qu'il prenne son envol, qu'il vive à nouveau… qu'il aime à nouveau. Amy, avec ses cheveux blonds comme les blés et ses yeux brun clair, riait de bon cœur et était si tendre. Il se souvint de la façon franche et directe dont elle exprimait sa pensée.

« Allez, Casey… » Il l'entendait presque, voyait presque ses yeux remplis d'étincelles : « Que vas-tu faire… Cesser de respirer ? Reviens à la vie. »

Mais par où commencer ? Et avec qui ? Et comment était-il censé voler à nouveau, après avoir aimé et perdu la seule femme de ses rêves ? Et même si deux ans s'étaient écoulés, il n'était pas prêt à s'envoler de nouveau. Il ne voulait pas passer à autre chose. Il valait mieux rester seul avec ses souvenirs d'elle que de trouver une personne pour la remplacer.

Cette seule idée lui pinçait l'estomac. Une voix de femme vint interrompre ses pensées.

– Jordan, pas si haut.

Son regard remonta jusqu'à la source de la voix. Il aperçut une brunette, d'un type de beauté plutôt conventionnel, qui se tenait près des équipements de jeu.

– Jordan... tu m'as entendue ?

Casey regarda vers le grand toboggan et vit un jeune garçon de sept ou huit ans. Durant un court moment, le jeune eut l'air de vouloir désobéir, mais il s'arrêta, se retourna, puis redescendit de l'échelle. Casey cligna des yeux et se retrouva à nouveau dans la salle de l'hôpital, là où on lui avait appris la nouvelle à propos de sa femme et de son enfant.

Le bébé était un garçon.

C'est ce que lui avait dit le médecin après lui avoir annoncé la terrible nouvelle. Un garçon qui aurait hérité des yeux d'Amy et du goût de l'aventure de Casey. Un garçon comme celui qui grimpait au toboggan. Il aurait maintenant deux ans et aurait aimé l'aire de jeu d'East Meadow, là où l'on pouvait apercevoir le bassin d'eau à partir d'un tapis de verdure. À coup sûr, ce lieu aurait été le préféré du bambin. Casey aurait eu Amy à ses côtés et ils se seraient tenu la main. Ensemble, ils auraient surveillé leur fils qui aurait couru et sauté sur le petit pont.

Casey détourna le regard et l'image invisible disparut. Il inspira vivement et se cala un peu plus sur le banc. Pourquoi se permettait-il d'avoir des pensées aussi étranges ? Cette rêverie éveillée lui apportait-elle quelque

chose de bon ? Leur anniversaire avait-il de l'importance ? Amy était partie, emportant avec elle tous les
espoirs d'avenir qu'il caressait. Il n'y avait pas de main à
tenir, pas de fin heureuse, ni de petit garçon aux cheveux
blond filasse.

*Il se leva et se retourna, utilisant le dossier du banc
pour s'étirer les jambes l'une après l'autre, détendant
l'arche de ses pieds et ses mollets en vue de sa course
jusqu'à la maison. Aucune raison de rester là une minute
de plus. Le banc n'était plus qu'une pierre tombale
maintenant. Une pierre tombale évoquant toutes les
bonnes choses de la vie, disparues sur la table d'opéra-
tion avec Amy et leur fils.*

CHAPITRE 3

Megan avait remarqué les regards furtifs de l'homme depuis qu'elle et Jordan étaient arrivés au parc.

Le parc était une idée de Jordan – le moins qu'elle puisse faire après avoir lu la lettre qu'il avait écrite à Dieu. Elle ne pouvait jouer le rôle d'un père, mais elle aimait ce garçon et la lettre n'avait qu'accentué ce fait. Jordan avait besoin de passer davantage de temps avec elle et, à partir de maintenant, elle ferait tout son possible pour être présente. Si passer du temps avec Jordan voulait dire sauter un samedi au bureau, elle trouverait un autre moyen pour que le travail s'accomplisse.

Elle poussait Jordan sur la balançoire, riait d'une de ses remarques, quand l'homme était arrivé au pas de jogging, s'était arrêté pour se reposer un peu et s'était assis sur le banc au fond, près du grand toboggan. Megan n'avait croisé son regard que brièvement, mais elle avait immédiatement deviné que quelque chose n'allait pas. Elle était avocate, après tout. Elle était capable d'interpréter le langage corporel et les expressions faciales aussi facilement qu'un document juridique.

De plus, elle lisait parfaitement dans les yeux.

Ceux de l'homme étaient obsédants, remplis d'une sorte de douleur intime que l'on percevait partout dans les théâtres, les restaurants et les bureaux de la ville de New York. Du moins depuis les deux dernières années. Un court instant, elle s'était demandé quelle était l'histoire de cet l'homme. Il avait l'air plutôt gentil et son maintien lui évoquait quelque chose de vaguement familier. Avait-il perdu un parent ou un enfant ? Peut-être une amoureuse. Ou peut-être venait-il simplement de passer une dure semaine de travail.

Dix minutes s'écoulèrent. Megan pensait à cet homme solitaire. Peut-être devrait-elle aller vers lui, découvrir pourquoi il se trouvait ici et pourquoi ses yeux avaient cette expression. Peut-être voulait-il parler. Megan reporta son attention vers Jordan et cette idée disparut. Que s'imaginait-elle ? De telles pensées traversaient rarement son esprit. Cet homme était sans doute assis là tout seul pour une raison quelconque et Megan n'allait certainement pas s'imposer.

– Calcule mon temps, maman.

Jordan lui fit un signe de la main. Ses yeux resplendissaient comme jamais depuis des mois et Megan ressentit une vague d'espoir. Tout rentrerait dans l'ordre. Elle pouvait lui accorder ce temps au parc. Éventuellement, Jordan se rendrait compte qu'il n'avait pas besoin de père puisqu'elle l'aimait tant.

– Calculer ton temps ? dit-elle en consultant sa montre. Pourquoi ?

– Vois combien de temps il me faut pour courir autour des balançoires, monter l'échelle et glisser, d'accord ?

– D'accord, quand tu es prêt, fit-elle en lui adressant un salut.

Ensemble ils s'adonnèrent à ce jeu un bon moment et, quand Jordan fut finalement à court d'énergie, Megan remarqua que l'homme était parti. Il était rentré à la maison retrouver une certaine famille qui l'attendait, en dépit de cette si grande tristesse dans ses yeux.

Jordan sauta du toboggan et courut vers elle.

– Prête ?

– Ouais.

Megan retroussa les manches de son chandail et se leva.

– Je suis prête si tu es prêt.

Il marchait à ses côtés.

– C'était amusant au max , dit-il en bâillant.

– Au max ?

– Allez, maman… dit Jordan en souriant. Tu sais bien, ça veut dire très *très* amusant.

– Oh… fit Megan, qui prit un air étonné en lui lançant un regard taquin. Eh bien, j'ai aimé *au max* être avec toi aujourd'hui !

– Ouais…

Son regard devint plus sérieux et il lui adressa un sourire affectueux comme elle n'en avait pas vu depuis des années.

– Moi aussi, continua-t-il.

« Tu vois, Jordan, aurait-elle voulu lui dire. Tu n'as pas besoin de papa. » Mais elle résista.

– Tu as faim ?

Jordan s'arrêta et se tourna vers elle, bouche bée.

– Tu n'as pas de travail ?

– Non, lui répondit-elle en lui chatouillant le ventre. Je reste avec toi toute la journée.

– Vraiment ?

– Vraiment.

Jordan sauta et leva le poing comme il le faisait quand son équipe de football préférée réussissait un touché.

– Youpi !

Megan rit et le son de son rire résonna dans son cœur. Comme une belle chanson qu'elle n'aurait pas entendue depuis longtemps. Elle baissa la tête et sourit à Jordan.

– Pizza ou hot-dog ?

– Les hot-dogs près du conservatoire, bien sûr.

Ils se remirent à marcher. Cette fois, Jordan mit sa main dans la sienne.

– Eh, maman…

– Oui.

Megan caressait de son pouce la main de Jordan. Elle réalisa soudain qu'elle avait dit la vérité à Jordan. Elle trouvait merveilleux et relaxant de passer la journée avec lui. Un congé parfait après une longue semaine.

– Tu es jolie aujourd'hui.

Megan fit un signe de tête affirmatif.

– Merci, cher Monsieur, fit-elle en passant la main dans ses courts cheveux noirs. C'est sûrement ma nouvelle coiffure.

– Non… dit Jordan en secouant la tête. C'est à cause du jean. Les mères sont belles en jean.

La conversation passa des jeans au jardin zoologique situé à l'extrémité du parc à la journée portes ouvertes qui aurait lieu la semaine suivante à l'école, puis au sujet que Megan espérait désespérément que son fils n'aborde pas.

La lettre à Dieu.

À ce moment, ils se trouvaient à quelques mètres du marchand de hot-dogs. Jordan lui lâcha la main et cessa de marcher.

– Maman ! dit le garçon d'un air inquiet, tu as bien mis ma lettre à la poste, hein ?

Le cœur de Megan bondit dans sa poitrine.

– Ta lettre ?

– Celle que j'ai mise dans ton sac à main hier avant d'arriver à l'école, répondit Jordan en fronçant les sourcils.

– Oh celle-là, fit Megan, un sourire forcé sur les lèvres. Bien sûr que je l'ai postée.

Elle se remit à marcher et il la suivit.

– Quand l'as-tu fait ?

Megan dut faire un effort incommensurable pour cracher le mensonge.

– Juste après le déjeuner.

Elle regardait droit devant elle, continuant d'avancer comme si de rien n'était.

– Et tu as trouvé l'adresse ?

Megan se sentit près de s'évanouir.

– Oui, Jordan, répondit-elle en montrant le marchand du doigt. Alors, on mange des hot-dogs avec des croustilles ?

Jordan fit un pas devant elle et se retourna pour lui sourire.

– Je savais que tu connaîtrais l'adresse de Dieu. Tu sais pourquoi ?

– Pourquoi ? fit Megan d'un air faussement détendu.

– Parce que tu sais tout, maman. Même l'adresse de Dieu. Des hot-dogs, c'est parfait, ajouta-t-il en jetant un coup d'œil au marchand devant lui.

Ils attendaient en ligne lorsque Megan retrouva la voix.

– Euh… Jordan… à propos de la lettre…

– Ouais…

– Qu'as-tu… qu'as-tu dit à Dieu exactement ?

Jordan haussa les épaules deux fois.

– Je Lui ai juste demandé quelque chose.

Il plissa les yeux et regarda le ciel. Les nuages s'étaient quelque peu dispersés et des taches de bleu apparaissaient entre eux.

– C'est un secret entre Dieu et moi, ajouta-t-il.

Megan s'en voulait d'insister, mais elle avait espéré qu'il lui révélerait le contenu de la lettre. Ainsi, elle pourrait lui annoncer doucement la nouvelle : Dieu n'allait pas lui envoyer un papa sous peu. Or, s'il refusait de lui dire ce qu'il avait écrit, elle pouvait difficilement parler de ce qu'elle savait.

Ils avancèrent de quelques pas dans la queue. Jordan lui lança un autre regard.

– Maman… est-ce que tu vas te remarier un jour ?

La question lui fit l'effet d'une flèche en plein cœur. Sa réponse fut rapide et sans équivoque.

– Non. Jamais.

Jordan porta le regard vers ses pieds et fit voler un morceau de gravier. Lorsqu'il releva la tête, ses yeux étaient plus tristes encore.

– Pourquoi ?

– Parce que… répondit Megan en laissant s'échapper un soupir de sa gorge serrée.

Elle prit la main de Jordan dans la sienne et se plaça face à lui, faisant fi des gens dans la file.

– Je ne trouverai jamais une personne qui m'aime autant que toi, mon chéri. Pas vrai ?

– Mais tu crois encore à l'amour, hein ?

Ses mots lui firent l'effet d'innombrables petits cailloux.

– Bien sûr.

Elle pressa la main de Jordan et réussit à former un étrange sourire.

– Pourquoi me poses-tu cette question ?

– Parce qu'une fois... répondit Jordan en hésitant. Une fois je t'ai entendue dire à grand-maman que tu ne croyais plus à l'amour.

– Eh bien…

Ils étaient les prochains clients et Megan ne pouvait laisser paraître sa surprise. Elle devrait faire davantage attention à ses paroles à la maison. Elle poursuivit :

– Parfois, c'est ce que je ressens car je suis triste que papa ne soit plus là. Mais pas toujours. D'accord ?

– D'accord.

Il lui sourit mais les étincelles avaient disparu.

Megan paya les hot-dogs et passa le reste de l'après-midi peinée du fait que Jordan l'avait entendue tenir un tel propos sur l'amour. Et l'idée que ce qu'elle avait dit était vrai la rendait encore plus triste. Elle ne croyait pas en l'amour, pas un seul instant. Où en était-elle depuis cet été lointain où, au cœur de la période la plus pénible de sa vie, elle avait reçu un don d'espoir de la part d'un garçon qu'elle n'avait jamais vu auparavant ni revu par la suite ?

Ce soir-là, au moment de sombrer dans le sommeil, elle ne pensait pas à ses causes en instance, ni à la solitude de Jordan, ni au fait qu'une personne puisse ressentir une douleur au cou le matin et mourir d'un infarctus massif du myocarde durant l'avant-midi. Elle laissa plutôt des souvenirs de vingt ans remonter à la surface telles des algues marines. Des souvenirs qu'elle avait enterrés depuis longtemps. Elle se sentit alors revenir à une époque, sur une plage de Lake Tahoe en compagnie d'un garçon appelé Kade, où il était question d'un amour qui dure toujours.

Un amour auquel elle ne croyait plus.

CHAPITRE 4

Dès que Megan laissa libre cours à ses souvenirs, ceux-ci arrivèrent comme de vieux amis et la ramenèrent à une époque où elle émergeait à peine de l'enfance.

Elle et son jeune frère avaient mené une vie que tout le monde jugeait idyllique. Leurs parents possédaient une maison avec piscine à West Palm Beach et chaque été ils prenaient des vacances en famille. Après le travail, le père entrait par la porte d'accès du garage, laissait tomber ses clés dans le plateau de pommes près du téléphone et frappait dans ses mains. « Où sont les plus merveilleux enfants du monde ? » demandait-il.

La petite Megan l'attendait dans la fenêtre avant et, aussitôt qu'elle entendait le son de sa voix, elle accourait vers lui et lui sautait dans les bras. Son père n'était pas très grand mais, à ses yeux il était plus fort que tout. Un jour, à l'époque où elle était âgée de six ans, il lui avait appris à monter à bicyclette, à Farlane Park. Il faisait du jogging à ses côtés et, lorsqu'elle avait heurté un arbre et failli faire une chute, il l'avait saisie par la taille pour l'empêcher de tomber.

Il l'avait attrapée au vol !

Megan ne l'avait jamais oublié. Quand elle avait été plus vieille, c'est son frère qui avait couru et sauté, tandis qu'elle accueillait leur père de sa pièce voisine. « Bonjour, papa. Tu as passé une belle journée ? »

Et chaque soir, quand il était à la maison, il allait la retrouver et posait un baiser dans ses cheveux.

Maintenant, elle savait que ses parents s'étaient souvent disputés à propos du fait que son père couchait peut-être avec d'autres femmes ou avait des fréquentations secrètes. À l'époque cependant, Megan et son frère l'ignoraient.

Jusqu'au jour où il décida de partir.

Les voix de ses parents lui parvenaient de nouveau, telles qu'elle les avait entendues ce jour terrible. Elles étaient aussi claires que s'ils s'étaient trouvés à côté de son lit. Au début, Megan n'avait pas cru que les cris venaient de ses parents. Elle avait pensé que son père écoutait une émission de télévision. Ce printemps-là, son frère n'avait que sept ans. Il jouait dans sa chambre, ignorant que l'histoire de leur vie était en train de se réécrire en bas dans la cuisine.

Megan s'était installée en haut de l'escalier pour écouter. C'est à ce moment qu'elle s'était rendu compte que les cris de colère ne provenaient pas du tout de la télévision, mais bien de ses parents. Ces derniers semblaient pourtant ne jamais se disputer. Megan avait senti son sang se glacer sur son visage. Elle s'était assise, avait ramené ses genoux sur sa poitrine et s'était concentrée sur leurs paroles.

« Disparais et ne reviens plus jamais ! » Ces mots, sortis de la bouche de sa mère, l'avaient terrifiée. *Disparais ? Qu'est-ce que cela signifiait exactement ?* Son père venait tout juste de rentrer du travail. Ils n'avaient même pas encore dîné. Ce n'était pas dans ses habitudes de repartir aussi rapidement.

– J'aurais souhaité que cela se passe autrement, son père avait-il dit d'un ton modéré mais furieux. C'est toi qui as téléphoné ?

– Bien sûr que j'ai téléphoné ! avait répondu sa mère en haussant la voix. J'ai trouvé un reçu pour l'achat de roses dans la poche de ton manteau et cela fait cinq ans que tu ne m'as pas offert une seule fleur. Ce coup de téléphone allait de soi, Paul. Le fleuriste s'est fait un plaisir de me révéler le nom de ta petite amie. C'est donc lui que tu dois blâmer.

– D'accord, j'ai une amie. Que vas-tu faire maintenant ?

– Non, Paul. Que vas-*tu* faire, toi ?

Sa mère semblait à moitié folle, désespérée.

– Rien.

Le mot avait explosé dans la cuisine, en bas.

– Je ne peux rien faire pour l'instant.

– Oui, tu le peux ! Tu peux lui annoncer que c'est terminé, que nous allons chercher une aide professionnelle afin de régler nos problèmes. Tu peux lui dire que tu as une famille.

– Non, Terri. *Tu* as une famille. J'ai un travail, une hypothèque et des comptes à payer. Les enfants me connaissent à peine.

Megan s'était agrippée à la rampe et avait fermé les yeux. Elle était étourdie et ressentait un malaise à l'estomac. À quoi son père faisait-il allusion ? Bien sûr qu'ils le connaissaient. Quand il était à la maison, ils lisaient des livres ensemble, allaient se promener et…

Soudain, elle avait réalisé quelque chose. Depuis Noël, son père n'avait pas été vraiment souvent à la maison. De temps en temps, sa mère faisait un commentaire à ce sujet, mais elle n'avait jamais autant crié. Megan ne s'était pas inquiétée des absences de son père. Ce dernier était banquier. C'était donc normal qu'il soit occupé et qu'il rentre souvent tard à cause de son travail. Voilà ce qui en était, non ?

Sa mère s'était mise à pleurer. Jamais Megan ne l'avait entendue sangloter aussi fort.

– Ne pense plus à cette fille, Paul. J'oublierai cette histoire si tu cesses de la voir.

Lorsqu'elle avait perçu le ton angoissé de sa mère qui paniquait, son cœur s'était mis à battre plus vite.

– S'il te plaît, Paul, ne nous quitte pas maintenant. Pense aux enfants.

Les cris, les pleurs et les injures avaient cessé. La voix de son père était redevenue calme et il n'avait dit que deux mots. Les deux derniers mots que Megan l'avait entendu prononcer.

– Adieu, Terri.

Ce fut tout. Rien en réponse au plaidoyer de sa mère, ni sur une éventuelle rupture avec cette amie inconnue. Aucun message affectueux pour les enfants, aucune préoccupation envers Megan et son frère. Seulement « Adieu, Terri. »

Megan avait retenu son souffle en jetant un coup d'œil en bas dans le hall. Elle avait vu son père partir. Elle le revoyait encore alors qu'il se tenait près de la porte dans sa tenue d'homme d'affaires, une valise dans une main, un porte-document dans l'autre. Il avait parcouru une dernière fois le salon du regard, puis il s'était retourné et était sorti, refermant la porte derrière lui.

Megan avait d'abord cru qu'il s'agissait d'une mauvaise plaisanterie, ou peut-être même d'un affreux cauchemar. Dans sa classe de troisième année, il y avait une fille du nom de Sheila Wagner dont le père était parti le premier de l'an. Puis, quelques années plus tard, la mère de Sheila s'était enfuie avec le directeur adjoint.

Or, Megan n'aurait jamais pu imaginer qu'une telle chose puisse se produire dans sa famille. Après tout, ils allaient à l'église le dimanche, priaient avant chaque repas et la Bible était posée sur leur table de salon.

Les pères ne quittaient pas des familles semblables, n'est-ce pas ?

Megan avait ravalé ses craintes et, les deux premiers jours, elle n'avait fait aucune allusion à ce dont elle avait été témoin ce soir-là, en haut de l'escalier. Le troisième jour cependant, sa mère l'avait prise à part pour lui avouer la vérité. Son père était parti et, jusqu'à ce qu'il revienne, ils devaient se débrouiller tout seuls. Son frère était trop jeune pour comprendre ce qui se passait ; c'est pourquoi leur mère avait jugé bon de leur dire que leur père serait absent pendant quelque temps.

En y repensant, Megan comprit que sa mère avait entretenu durant deux mois cette idée qu'il allait revenir un jour. Puis, en juin, quelque chose s'était produit et sa mère avait cessé de faire le guet à la fenêtre à la tombée du jour dans l'espoir de voir la voiture de son père remonter l'allée.

L'école était terminée. Ils firent leurs bagages, montèrent dans la familiale et partirent pour Lake Tahoe, là où habitait tante Peggy. Ils avaient tous besoin de passer un peu de temps au loin. Ce fut la seule explication qu'elle et son frère avaient reçue.

Quatre jours plus tard, ils arrivaient à la maison de tante Peggy face au lac, et son frère plongeait dans la piscine avant même que les bagages soient sortis de la voiture. Megan avait passé la première journée au complet assise à l'extrémité de la salle de séjour à faire semblant de lire. En réalité, elle écoutait sa mère et tante Peggy parler de son père. Leurs propos portaient sur l'argent qu'il envoyait et sur certains documents qu'il avait fait parvenir.

– Au moins, ce salaud te fournit du soutien, avait dit tante Peggy.

Ensuite, elle avait jeté un regard en direction de Megan.

– Megan, ma grande, pourquoi ne vas-tu pas jouer dehors avec ton frère ?

Ça faisait maintenant deux mois que Megan souffrait d'un malaise à l'estomac et, quand sa tante lui avait suggéré de sortir de la maison, elle avait été plus qu'heureuse d'obéir. Elle ne comprenait pas vraiment de quoi discutaient sa mère et sa tante, mais elle savait que c'était négatif et que cela concernait son père. Au plus profond d'elle-même, Megan savait que son père ne reviendrait pas à la maison, peut-être même plus jamais.

Elle avait passé près de son frère qui pataugeait dans la piscine, puis à travers un peuplement de pins, et débouché sur la plage. Les propriétaires qui habitaient le quartier de tante Peggy se partageaient cette étendue de sable privée. Megan avait enlevé ses chaussures et parcouru quelques mètres le long du rivage. Puis, elle avait aperçu le tronc d'un arbre tombé. Elle s'était assise à une extrémité et, contemplant l'eau, s'était mise à réfléchir.

Pourquoi donc son père était-il parti et qu'en était-il de l'amour ? Celui-ci existait-il vraiment ? Si des gens comme ses parents pouvaient se séparer, comment pouvait-il exister ? Et puis, qu'en était-il d'elle et de son frère ? Depuis son départ, leur père ne leur avait pas téléphoné ni rendu visite, pas même une seule fois. Pourquoi alors devenir adulte et se marier si à la fin tout était détruit ?

Si seulement son père pouvait revenir à la maison. Elle aurait ainsi la preuve que l'amour existe et que Dieu répond aux prières.

« Où es-tu, papa ? » Cette question qu'elle avait murmurée s'était mêlée à la brise qui balayait le lac et avait filtré à travers les branches des arbres derrière elle. Mais aucune réponse n'était venue.

Ses yeux s'étaient remplis de larmes et elle avait clignoté pour les chasser. Elle avait toujours pleuré dans l'intimité et ce n'était surtout pas le moment d'une crise de larmes. « Tu me manques. » Elle avait levé les yeux au ciel vers un endroit dont elle n'était pas certaine de l'existence. « Je veux qu'il revienne à la maison et qu'il me donne un baiser dans les cheveux comme avant. Dieu, tu peux accomplir des miracles. Alors, réalise celui-ci pour moi. »

Peu à peu, elle avait pris conscience d'une chose. L'habitude qu'avait son père de leur accorder son attention, à elle et à son frère, chaque jour à son retour du travail lui avait donné un sentiment de sécurité et de protection. Maintenant, sans lui, Megan se sentait comme en chute libre, sans parachute.

Elle s'apprêtait à retourner à la maison de sa tante lorsque son regard avait été attiré par quelque chose en direction opposée. Un garçon à peu près de son âge promenait un labrador blanc sur la plage. Il l'avait remarquée, lui avait fait un signe de la main et s'était approché.

– Salut, dit-il en se tenant devant elle. Tu es nouvelle dans le coin ?

Megan avait haussé les épaules pour se donner un air distant. Le garçon avait les yeux bleu clair. La manière dont il la regardait lui donnait l'impression qu'il la connaissait depuis toujours. Elle avait lutté pour retrouver la parole.

– Je suis seulement en visite.

– Nous aussi. Mon grand-père vit ici. Nous venons chaque année en juin. Il s'était assis à une certaine distance d'elle sur le tronc.

– Je m'appelle Kade.

– Je m'appelle Maggie.

Il avait hésité une minute, puis un sourire s'était dessiné sur ses lèvres.

– Eh bien, Maggie, dis-moi, si tu es en vacances, pourquoi es-tu assise ici, l'air triste comme si c'était la fin du monde ?

Pour une raison quelconque, Maggie s'était sentie à l'aise avec ce garçon. Elle avait penché la tête de côté et son air affecté s'était dissipé.

– Parce que c'est comme ça.

Le sourire de Kade s'était estompé.

– T'as envie d'en parler ?

Megan en avait eu envie.

Au cours de la semaine qui avait suivi, elle et Kade s'étaient rencontrés sur la plage et avaient discuté de tout : le sens de la vie, la passion de Kade pour le base-ball, son rêve de jouer dans les ligues majeures. Cependant, chaque fois que le sujet revenait sur le père de Megan et la situation qu'elle vivait présentement, Kade lui répétait la même chose : « L'amour véritable ne meurt jamais. Avec un tel amour, il y a de l'espoir. Toujours. »

Le père de Kade était ministre du culte dans une petite église à Henderson dans le Nevada, à proximité de Las Vegas. Il avait confié à son fils que, dans un lieu surnommé « ville du péché », il était important de savoir ce qu'était le véritable amour.

Ils se promenaient sur la plage et, de temps en temps, leurs bras s'effleuraient.

– Mais qu'arrive-t-il quand l'amour meurt, comme pour mes parents ? demanda Maggie.

– Peut-être n'ont-ils jamais compris ce qu'est le véritable amour, répondit Kade.

Il s'était arrêté pour amasser un caillou plat sur le sable. Il l'avait lancé dans l'eau, puis s'était tourné vers elle.

– Tu sais, le véritable amour, celui qui est décrit dans la Bible, celui dont parle Jésus.

Megan n'avait jamais rencontré une personne de son âge aussi versée en Écriture sainte. Ce n'était pas que Kade parlait constamment de religion. En fait, ils passaient presque tout leur temps à jouer au Frisbee, à nager dans la piscine de sa tante ou à s'amuser dans le lac. Un jour, elle avait découvert une dizaine d'azalées sauvages mauve pâle près d'un bosquet, à proximité de la plage.

Elle avait cueilli la plus jolie et la lui avait offerte.

– En souvenir de moi.

– D'accord.

Les yeux brillants, il avait esquissé un petit sourire.

– Je vais la placer dans ma Bible et la garder pour toujours.

Ils se taquinaient, riraient et jouaient à cache-cache entre les pins bordant la plage. Chaque après-midi, lorsque le soleil se mettait à décliner vers les montagnes, ils reprenaient leur place sur le tronc d'arbre tombé et Kade racontait à Megan des choses profondes à propos de l'amour ou du plan divin prévu pour sa vie. Il s'agissait là de sujets plutôt inusités pour un garçon de quinze ans.

Tard un après-midi, Megan avait plissé les yeux et avait observé son ami un instant.

– Tu ne serais pas un ange ou quelque chose comme ça, par hasard ? lui avait-elle demandé.

– Ouais, c'est bien ça.

Il avait renversé la tête vers l'arrière et son rire avait rempli l'atmosphère.

– Un ange gaucher avec une excellente moyenne au bâton de 0,350.

Elle avait inspiré profondément par le nez.

– Je suis sérieuse, Kade. Quel genre d'enfant connaît un tel type d'amour ?

– Je te l'ai dit.

Les joues du garçon avaient bronzé durant cette semaine passée au soleil. Ses yeux dansaient tandis que son sourire s'estompait.

– Mon père est pasteur, Maggie. La Bible c'est, eh bien... avait-il ajouté en jetant un coup d'œil vers l'eau, c'est comme l'air que nous respirons chez nous. Elle est constamment présente.

– Et la Bible parle de l'amour ?

Megan ne connaissait absolument rien de la Bible. Elle et sa famille avaient fréquenté l'église de temps à autre durant son enfance, mais pas au cours des dernières années. Et encore moins depuis que son père était parti.

Kade l'avait regardée en soulevant une jambe.

— La Bible dit tout sur l'amour. Elle dit que le véritable amour ne meurt jamais.

Durant le dernier après-midi qu'ils ont passé ensemble, Megan lui avait avoué quelque chose, quelque chose qu'elle n'avait pas encore vraiment compris jusqu'à maintenant.

— Je veux croire, Kade. En l'amour… en Dieu… en tout cela.

Son regard était retombé vers ses mains.

— Mais je pense que je ne sais plus comment, a-t-elle ajouté.

Kade avait glissé vers elle sur le tronc et avait pris ses doigts entre les siens.

— Maggie, tu as donc besoin d'un miracle pour que se réalise dans ta vie tout ce dont nous avons parlé.

— Un miracle ?

— Ouais.

Il s'était encore approché et avait serré sa main plus fort.

— Ferme les yeux, je vais prier, dit-il.

Alors, elle avait senti une drôle de sensation de picotement dans le dos tandis qu'elle et Kade se tenaient la main et qu'il demandait à Dieu d'accomplir un miracle en sa faveur. Son père reviendrait à la maison et, quoi qu'il arrive, un jour elle connaîtrait l'amour qui ne meurt jamais.

Ils avaient ensuite décidé de se rencontrer chaque mois de juin sur ce tronc, aussi longtemps que leurs familles viendraient à Lake Tahoe. Avant de partir, Kade l'avait serrée dans ses bras et avait posé un baiser délicat sur sa joue.

– Je vais prier pour toi, Maggie. Chaque jour. Pour que ton miracle se réalise. À bientôt, avait-il ajouté tristement.

Le lendemain, quand elle était partie avec sa mère et son frère, ses sentiments étaient confus. Quitter Kade la peinait, mais son cœur était rempli d'un espoir nouveau et elle avait maintenant quelques convictions. D'abord, Dieu était réel et Il allait accomplir le miracle pour lequel ils avaient prié. Puis, elle connaîtrait un jour un amour qui jamais ne la quitterait un soir avant le dîner, un amour qui ne mourrait jamais.

CHAPITRE 5

Casey ouvrit le store et jeta un regard entre les édifices qui entouraient son appartement. Encore de la pluie. Une pluie froide chassée par le vent. Il s'éloigna de la fenêtre, traversa le séjour et alla prendre ses souliers de course. Il trouvait la pluie agréable. Il allait simplement profiter du moment et réfléchir dans le calme en respirant l'air frais. Le café n'ouvrait que dans une heure et présentement, alors qu'il faisait encore noir, il n'aurait voulu se trouver en aucun autre lieu que dans les rues de New York en train de courir.

Beau temps, mauvais temps, il courait.

Trois jours s'étaient écoulés depuis son anniversaire de mariage, mais il n'arrivait pas à émerger du passé. Étrange qu'une simple date du calendrier puisse le plonger dans une émotion faite de souvenirs et de désirs.

Les anniversaires, la Saint-Valentin, Noël. Chaque jour qu'ils auraient passé ensemble était un déclencheur.

La liberté se trouvait dehors, sur le pavé, là où elle avait toujours été. Courir donnait à Casey l'occasion de réfléchir à la vie comme il n'aurait pu le faire dans son café bondé ou dans son appartement où tout lui rappelait Amy.

En laçant ses souliers, il remarqua que ses épaules étaient plus légères, comme si la montagne de tristesse et de regrets qui l'abritait ne pouvait le suivre dans la rue. Trois volées d'escaliers antiques l'amenèrent à l'entrée principale de l'édifice, puis il fut à l'extérieur. Une rafale de vent lui fouetta le visage et mouilla ses joues de pluie. L'air était plus froid qu'il ne paraissait, mais il était pur et Casey en aspira trois grandes bouffées avant d'entreprendre sa course.

Cinq minutes plus tard, il se produisit ce qui arrivait toujours chaque fois qu'il courait. Le bruit matinal des travailleurs et de la ville qui s'éveille s'atténua complètement et Casey accéda à un monde dans lequel Amy était toujours vivante et où les souvenirs qu'il avait d'elle lui revenaient facilement. Un monde où il pouvait avoir un aperçu du lieu où elle et leur fils vivaient encore, où la souffrance de l'existence était réduite, n'était-ce que durant une heure.

Au cours des deux dernières années, il avait suffisamment couru pour être en mesure de participer à un marathon au printemps. Pourquoi pas ? Il effectuerait le parcours d'une façon ou d'une autre. Physiquement, il était certainement prêt pour cette épreuve. Cela lui fournissait une raison de courir davantage, de même qu'un sujet de discussion avec Billy-G et les clients du café. Il s'entraînait. Il ne courait pas parce qu'il avait besoin de ce temps pour revivre le passé ou réfléchir à ce qu'il aurait pu faire en ce jour terrible, aux gestes qu'il aurait pu poser pour aider à sauver Amy et le bébé.

Il devait courir afin de se préparer pour la course.

Depuis samedi, il profitait du temps durant lequel il courait pour jouir du luxe le plus rare. Le luxe de retourner au tout début, à l'époque où lui et Amy s'étaient rencontrés. Casey passa sa main gantée sur son visage pour essuyer la pluie dans ses sourcils. Il devait prendre garde à la fréquence de cette habitude de retourner au tout début parce que, chaque fois, la voix d'Amy et la sensation de sa main dans la sienne devenaient plus réelles.

Et chaque fois, il lui était plus difficile de revenir à la réalité.

Mais présentement, en ce mardi matin pluvieux, cela lui était égal. Une fois de plus ne lui ferait pas de mal. En outre, il ne lui restait que ces souvenirs à présent, des souvenirs qui deviendraient inutiles s'il ne leur consacrait pas un peu de temps.

Il vira à droite en direction de Central Park, sans remarquer les plaques d'égout fumantes et les chauffeurs de taxi se disputant les clients matinaux. Il était à Port-au-Prince, à Haïti, les manches retroussées, la sueur perlant à son front.

Depuis le début de l'école secondaire, Casey savait ce qu'il voulait faire dans la vie. Il n'avait pas l'intention de devenir pasteur ou médecin, ni rien d'autre de ce que ses parents avaient imaginé. Il obtiendrait son M.B.A. puis il ferait quelque chose de différent, une activité où il pourrait décider de son horaire, être son propre patron et se retrouver parmi toutes sortes de gens. Ensuite, il rencontrerait une gentille fille, l'épouserait et mènerait le même genre de vie que ses parents.

Mais avant, il voyagerait.

Un mois après avoir obtenu son diplôme de l'école secondaire, il avait refusé trois bourses d'études en athlétisme pour travailler pendant un an à Haïti comme chauffeur pour un orphelinat. En guise de salaire, il n'était que logé et nourri, mais cet emploi lui avait enseigné davantage sur la vie qu'il n'en aurait appris en suivant un dizaine de cours universitaires.

Il conduisait une vieille camionnette qui datait de vingt ans, rafistolée avec des planches et ne démarrant qu'une fois sur deux et, au début, l'état des routes l'avait terrifié. Les voitures circulaient dans toutes les directions, sans ordre apparent, et les conducteurs actionnaient leur avertisseur sonore aussi souvent qu'ils appuyaient sur l'accélérateur. Des marchands étaient installés le long des routes, et des enfants s'élançaient dans le trafic à chaque intersection, arborant des chiffons et des gourdes, dans l'espoir de gagner quelques sous en nettoyant une vitre d'auto sale.

Pour toute nourriture, il n'y avait que du riz et des haricots et parfois une maigre cuisse de poulet. La viande n'était pas réfrigérée, les douches étaient rares et l'eau chaude n'existait pas. Chaque morsure d'insecte portait une menace de malaria. Le jour, quand Casey circulait dans les rues de Port-au-Prince, non seulement était-il perçu comme une curiosité parce qu'il était Américain, mais aussi était-il souvent la seule personne de race blanche parmi les centaines de milliers de gens qui roulaient sur l'artère principale. Casey connaissait suffisamment le créole pour dire : « Je viens chercher les provisions » et « Je reviendrai la semaine prochaine » ainsi que quelques autres mots utiles, mais il avait quelquefois l'impression que la barrière de la langue était une véritable muraille de Chine. La nuit, les rats couraient sur le sol de l'orphelinat et il lui semblait parfois que sa période d'adaptation allait s'éterniser.

Toutefois, après un mois passé à Port-au-Prince, Casey s'était senti plus à l'aise. Il ne remarquait plus les regards étranges que lui lançaient les gens qu'il croisait dans la rue et la circulation automobile le stimulait en quelque sorte. Quand il prenait le temps de sourire, les gens se montraient aimables envers lui. Il passait ses journées à recueillir des provisions, à amener des enfants à divers rendez-vous et à aider l'équipe administrative au moment des campagnes de sensibilisation aux coins des rues.

À la fin de la première année, Casey s'était engagé pour une autre période d'un an. Son père s'était inquiété, mais pas autant que sa mère.

– Et l'université ? Es-tu devenu fou ? lui avait demandé sa mère d'une voix qui laissait deviner ses craintes. Les universités ne t'attendront pas éternellement.

Casey s'était dit qu'elles pouvaient bien attendre. Il était encore en bonne forme et quatre fois par semaine il courait dans les rues secondaires vallonnées de Port-au-Prince.

Au milieu de la deuxième année, un groupe d'élèves du secondaire étaient venus à l'orphelinat durant les vacances du printemps. Casey était allongé sur la voie d'accès en train de réparer le silencieux de la vieille camionnette lorsque les élèves avaient traversé la barrière à haute sécurité. Il avait fait une pause pour les regarder entrer dans le bâtiment.

C'est à ce moment qu'il l'avait aperçue.

Elle était au bout de la file et écoutait l'un des conseillers qui donnait des détails à propos de l'orphelinat. Le regard de Casey s'était arrêté sur elle et, malgré son angle de vision, il avait eu la respiration figée dans la gorge. Ce n'était pas une beauté frappante. Ses cheveux ne présentaient pas de mèches blondes et elle ne portait pas de maquillage. Son charme était tout simple, comme les fleurs sauvages d'un pâturage de montagne vierge. La main de Casey s'était immobilisée et sa clé à molette était restée en suspension au-dessus de son front en sueur. Cette fille aux yeux brun clair qu'il ne connaissait pas encore s'était frayé un chemin dans son cœur.

Casey accéléra, ignorant ses jambes qui réclamaient du repos. Courir lui procurait une douleur agréable, surtout en ce moment. Il cligna des yeux et replongea dans ses souvenirs.

Elle s'appelait Amy Bedford. Ce même soir, Casey en avait suffisamment appris sur elle pour savoir que sa première impression avait été juste. Elle était naturelle et s'exprimait avec la sagesse d'une personne bien plus âgée que seize ans. Elle était la plus jeune d'une famille de cinq filles du centre de l'Oregon. Son père enseignait les sciences dans une petite école secondaire publique et sa mère s'occupait de la maisonnée. Toutes ses sœurs fréquentaient l'université, souhaitant obtenir un diplôme dans un autre domaine que l'éducation afin d'accéder à une occupation plus lucrative que l'enseignement.

Mais pas Amy.

– Mon père est le meilleur homme que je connaisse, avait-elle révélé à Casey ce soir-là. Durant sa vie, il a touché le cœur de milliers de personnes. Je veux faire la même chose. Et toi ? avait-elle demandé en s'appuyant les coudes sur la table vétuste en bois.

– Eh bien… avait-il répondu après s'être redressé en s'agrippant au banc sur lequel il était assis. Je veux ouvrir un café.

– Un café, hein ?

– Ouais.

Il avait hoché la tête plusieurs fois d'un air songeur.

– Je serai mon propre patron, j'établirai mon horaire de travail et chaque jour je rencontrerai de nouvelles personnes, avait-il continué, le cœur léger. J'y pense depuis un bout de temps.

– Oh là là. Je n'ai jamais rencontré quelqu'un qui voulait ouvrir un café.

Il y avait eu un moment de silence.

– Mes parents ne sont pas très enthousiasmés, a-t-il avoué.

Elle avait souri et avait dit quelque chose que Casey n'oublierait jamais.

– Un jour, j'aimerais manger dans ton café, d'accord ?

Casey ne savait pas si c'était la foi qu'elle avait en lui ou la sincérité de sa voix, ou encore le reflet brillant de sa peau en cette chaude soirée humide, mais d'heure en heure il s'était senti devenir amoureux d'elle. La semaine s'était écoulée en une sorte de brouillard, à peindre la cuisine de l'orphelinat et à discuter tard dans la nuit. Trois ans les séparaient, mais Casey ne le remarquait même pas. Franche et capable d'exprimer le fond de sa pensée, Amy était aussi authentique que le sourire d'un orphelin. Quelque chose chez elle donnait envie à Casey de la serrer dans ses bras et de la protéger de tout cynisme, de toute froideur, enfin de tout ce qui aurait pu atténuer la chaleur de son sourire.

Quand ils eurent terminé la cuisine, ils étaient passés dans la pièce où vingt-deux orphelins dormaient sur onze petits lits en grillage métallique.

– Peignons la porte en rouge, avait suggéré Amy.

– Rouge ? avait répété Casey en grimaçant et en pointant son pinceau vers elle. Pourquoi rouge ?

– Parce que… avait-elle répondu après lui avoir tapoté le bout du nez avec le pinceau qu'elle tenait à la main. Le rouge est la couleur du don.

Ainsi, ils avaient peint la porte du dortoir de l'orphelinat en rouge.

La veille du départ d'Amy de Port-au-Prince, Casey lui avait demandé s'il pouvait lui écrire.

– Oui, lui avait-elle répondu.

Ils étaient assis sur un banc dans la cour de l'orphelinat un peu avant minuit. Tout était immobile et silencieux. Un tambour résonnait au loin. Elle avait baissé la tête, l'avait regardé dans les yeux et avait ajouté :

– J'aimerais bien.

Il avait voulu l'embrasser, mais n'avait pas osé. Il faisait partie du personnel et elle était une élève, mineure en plus. Il avait plutôt ravalé sa salive et tenté de ne pas sentir l'effleurement de leurs épaules. Il avait parlé d'un ton bas.

– Tu sais quoi, Amy ?

– Quoi ?

Elle s'était appuyée contre le mur de l'orphelinat et avait de nouveau rencontré son regard.

– Je me suis amusé cette semaine.

– Moi aussi.

– Tu vas… Eh bien, tu vas me manquer.

Elle avait hoché la tête et ses yeux avaient brillé comme si elle avait tenté de retenir ses larmes.

– Je dois partir. Les conseillers veulent que nous soyons au lit avant minuit.

– Je sais.

Il avait souri pour dissimuler sa difficulté de se séparer d'elle. Le lendemain avant le lever du jour, ils seraient partis et il ne la reverrait probablement plus jamais.

– Prends soin de toi, avait-il ajouté.

– Bonne chance avec ton café.

Son menton avait frémi et elle avait hésité le temps de prendre une autre respiration. Puis, elle avait mis la main dans la poche de son jean et en avait retiré une feuille de papier pliée qu'elle lui avait placée dans la main en disant :

– Tiens. J'ai mis mon créole en pratique.

Il avait commencé à déplier la feuille, mais elle lui avait saisi les doigts.

– Quand je serai partie.

Elle avait reculé de quelques pas, puis s'était retournée et avait monté l'escalier en courant. Quand la porte s'était refermée derrière elle, Casey avait déployé la feuille de papier et vu qu'elle n'y avait inscrit que trois mots.

Me reme ou... *Je t'aime.*

CHAPITRE 6

Casey avait couru près de sept kilomètres, ce qui était plus qu'à l'accoutumée. Aujourd'hui, les souvenirs étaient très vifs, très nets. Afin de leur donner libre cours, il aurait couru jusqu'en Californie.

Alors, il continua sa course, à longues enjambées égales, les yeux droit devant.

Me reme ou.

Il voyait encore ces mots, la façon dont elle les avait tracés sur cette feuille de papier. Ce qu'elle avait écrit lui avait fait bondir le cœur dans la poitrine et lui avait donné la certitude qu'un jour, d'une manière ou d'une autre, il allait la revoir. Au cours des six mois suivants, ils se sont échangé des lettres. L'été d'ensuite, Casey s'était inscrit à l'université de l'État d'Oregon et planifiait de s'installer à Corvallis dans le même État.

Il n'avait visité le campus qu'une seule fois et avait rencontré les entraîneurs d'athlétisme. Son entraînement sur les collines de Port-au-Prince avait été bénéfique et on lui avait offert une bourse d'études complète. Casey était enthousiaste. Cependant, il avait alors réalisé que son avenir ne résidait pas la course, ni dans le saut ou le lancer du javelot.

Son avenir était dans les affaires.

Et cette université proposait exactement ce qu'il recherchait : une excellente école de gestion de même qu'une bourse complète. Et autre chose encore.

Une route menant à la maison d'Amy, à Bedford, en vingt minutes.

Ses parents ignoraient son attirance pour Amy parce que lui-même n'en était pas sûr. D'une certaine façon, malgré leur correspondance, la semaine qu'il avait passée avec Amy à Haïti lui semblait comme un rêve merveilleux, aussi surréel que tout ce qu'il avait vécu là-bas.

Après son inscription à l'université, il avait rendu visite à ses parents et, un soir après le dîner, il leur avait annoncé la nouvelle.

— Je... Je croyais que tu fréquenterais une université chrétienne, Casey, lui avait dit sa mère en se pinçant les lèvres. Tu nous as quittés si longtemps. Et maintenant, tu vas repartir.

— Ta mère a raison, mon garçon, cette université ne t'apprendra pas grand-chose sur Dieu, avait renchéri son père en se croisant les bras.

C'était un moment de vérité et Casey s'était agrippé les genoux.

— Papa… avait-il commencé en regardant son père dans les yeux, je connais déjà Dieu. Il est peut-être temps que j'apprenne des choses sur les gens, avait-il ajouté après un court moment.

À la fin, ses parents avaient été d'accord. C'étaient de fervents chrétiens et ils avaient élevé Casey dans la religion. Or, existait-il un lieu plus approprié que le monde réel pour exercer sa foi ? Malgré leurs réserves, ils avaient accordé tout leur soutien à Casey.

— Sois prudent, l'avait averti sa mère la veille de son départ. Le Nord-Ouest est un endroit plutôt libéral et les filles… eh bien… n'ont pas tout à fait les mêmes mœurs que celles auxquelles tu es habitué.

— D'accord, maman, Casey avait-il acquiescé en retenant un sourire.

Il ne pensait qu'à une seule fille. Ils s'étaient revus ce mois de septembre, quelques heures après sa première journée de cours, à un café situé près du campus. Amy avait maintenant dix-sept ans et terminait son secondaire. Dès qu'elle avait passé la porte du café, Casey avait su que ses sentiments pour elle ne venaient pas d'une sorte de rêve étrange.

Elle avait traversé la salle, se faufilant entre les tables et, même à distance, Casey avait perçu la gaieté qu'elle avait dans les yeux. Lorsqu'elle s'était assise, il avait pris sa main dans la sienne et avait dû faire un effort pour retrouver la voix.

— Je veux te dire quelque chose, quelque chose que je ne pouvais pas te dire dans une lettre.

La curiosité s'était mêlée à l'hésitation, et le regard éclatant d'Amy s'était quelque peu terni.

— Je t'écoute, avait-elle dit en fixant son attention sur lui.

— *Me reme ou.*

Une fois ces mots prononcés, ni l'un ni l'autre ne pouvaient retourner en arrière. L'automne suivant, Amy avait rejoint Casey à l'université. Quatre ans plus tard, ils s'étaient mariés et avaient quitté le Nord-Ouest pour aménager dans un petit appartement d'Upper West Side, à Manhattan, où Casey tenterait d'ouvrir le café dont il avait toujours rêvé.

— C'est parfait, Casey, lui disait-elle, les yeux brillants, chaque fois qu'ils en discutaient. Réalisons ce rêve.

Les parents de Casey trouvaient toujours que le Casey's Corner était une idée loufoque. Mais pas Amy. Elle avait pris un emploi dans un établissement préscolaire et avait encouragé Casey dans ses démarches pour obtenir les prêts dont il avait besoin pour démarrer son café. Les week-ends, ensemble, ils décoraient le local et collectionnaient divers objets à accrocher aux murs. Le jour de l'ouverture officielle, personne n'était plus fière qu'Amy.

Les années qui avaient suivi s'entremêlaient, formant une sorte de gigantesque tapisserie de rouges et d'orangés éclatants ainsi que de délicates teintes de bleus. Amy avait été tout pour Casey – sa meilleure amie, sa confidente, son plus grand soutien. La perdre lui avait donné l'impression qu'on lui avait enlevé le bras droit et il ressentait cette souffrance à chaque respiration.

Même après deux ans.

Casey ralentit le pas et se mit à marcher. Il avait parcouru huit kilomètres, deux de plus que d'habitude. Le café était à proximité. Les souvenirs l'avaient envahi plus fortement et plus clairement que d'ordinaire et il combattit l'envie de continuer à courir.

Quel était donc son problème ? S'il se sentait ainsi après deux ans, peut-être ne passerait-il jamais à autre chose, peut-être n'arriverait-il jamais à vivre sans elle. Peut-être que sa vie ne serait plus que cette sensation nébuleuse d'engourdissement. Son souffle reprit son rythme normal. Tout en marchant, il se mit à contempler un fragment de ciel étroit. Elle était quelque part là-haut, probablement en train de donner un coup de coude dans les côtes de Dieu, le harcelant pour qu'il donne à Casey une raison de vivre.

Évidemment, son café était une diversion. Il y passait la majeure partie de la semaine, à parler avec les clients, à aider Billy-G derrière le comptoir, à entretenir le local pour qu'il demeure tel qu'Amy l'avait décoré à l'époque. Cependant, rien de tout cela n'avait sur lui l'effet vivifiant qu'avait eu Amy.

Il arriva au café et fixa la porte. Quelqu'un y avait accroché une couronne automnale – des feuilles en plastique orange, rouges et jaunes entourant un dindon à l'air anxieux qui saluait les passants en remuant sa tête en pommes de pin. L'Action de grâce avait lieu dans un mois et, après, ce serait Noël.

La période de l'année que préférait Amy.

Casey grinça des dents et poussa la porte. Il se fraya un chemin entre une dizaine de tables, faisant un brin de conversation avec quelques habitués et saluant les nouveaux. Ce ne fut qu'après l'heure de grande affluence qu'il se rendit au comptoir et s'installa sur un tabouret.

– Salut, Billy-G.

Son ami s'essuya les mains sur son tablier et se pencha pour prendre une section de journal sous le comptoir.

– J'ai gardé ceci pour toi, dit Billy-G après s'être avancé de quelques pas et étalé le journal devant Casey. Tu devrais réfléchir à cet article.

– Pas un autre, fit Casey en fixant son ami du regard.

Billy-G lui parlait constamment de groupes de soutien ou d'étude biblique.

– Je vais bien, Billy-G. Je n'ai pas besoin de ton aide.

– Ouais, d'accord, tout va bien.

L'homme donna quelques petites tapes sur le journal.

– Prends seulement le temps de le lire, se contenta-t-il de dire en s'éloignant.

Billy-G était de retour dans la cuisine lorsque Casey émit un long soupir et porta son regard sur le journal. Il s'agissait d'un court article s'étalant sur deux colonnes, un article dissimulé dans la section des nouvelles locales du *Times*. Le titre se lisait comme suit : « Nouveau programme de jumelage entre adultes bénévoles et enfants en deuil à la suite des événements du 11 / 9. »

Casey cligna des yeux et réfléchit quelques secondes.

Des enfants en deuil ? Partout, tout le monde souffrait. Des gens avaient perdu une sœur, un oncle, un mari ou des amis. Mais des enfants en deuil ? Casey n'y avait jamais pensé.

L'article ne comprenait que cinq paragraphes. Casey s'accorda donc la permission de le lire. Lorsqu'il eut terminé, il souleva le journal, le rapprocha et relut l'article. C'est alors que l'idée commença à s'insinuer dans son esprit. En réalité, elle était à la fois simple et profonde. Un organisme de Chelsea s'occupant de jeunes avait mis sur pied un programme appelé Les cœurs en guérison. Des adultes célibataires étaient jumelés à des enfants en deuil. Les enfants qui avaient perdu un ou plusieurs membres de leur famille étaient mis en lien avec un adulte. Les personnes intéressées pouvaient composer le numéro de téléphone indiqué.

Casey imagina un instant Amy assise près de lui, respirant le même air, partageant chacune de ses pensées et devinant ce qui se passait dans son âme avant même qu'il le figure lui-même.

« C'est une excellente idée, Casey. » Il eut l'impression de l'entendre. « Réalisons ce rêve. »

Mais bien sûr, il y avait un problème.

Il n'était pas un adulte célibataire comme un autre. Il avait lui-même subi une perte et les gestionnaires du programme n'apprécieraient peut-être pas ce fait, de crainte que son propre deuil ne l'empêche d'aider adéquatement un enfant blessé. Cependant, son doute se dissipa. Quelque part dans cette vaste ville, un enfant avait besoin d'un mentor, d'une personne qui l'aiderait à faire le lien entre son ancienne vie et celle qu'il était obligé de subir maintenant. Un enfant qui avait besoin d'amour et de conseils, ainsi que d'une raison de vivre. Tout comme Casey.

Il lui suffisait de téléphoner, de passer l'évaluation, de laisser l'organisation le jumeler à un enfant, puis de trouver un moyen de ramener un peu de lumière dans leurs vies respectives. Il existait des milliers d'endroits dans Manhattan où amener un enfant. Des lieux où tous deux pourraient trouver une rampe d'accès pour l'autoroute de la vie. Oui, il pouvait composer le numéro et dans un mois environ il pourrait…

– Intéressant, hein ?

La voix bourrue de Billy-G interrompit ses pensées. Il laissa retomber le journal sur le comptoir.

– Ouais.

– Alors ? s'enquit Billy-G.

– Alors quoi ? reprit Casey en repoussant le journal après l'avoir plié en deux.

– Qu'est-ce que t'en penses ?

– Je pense que tu poses trop de questions, Billy-G.

Casey se leva et adressa un demi-sourire à son ami.

– Je pense aussi qu'il est temps que je m'en aille. Je reviendrai passer quelques heures au moment du dîner.

– Je le savais, fit Billy-G, un sourire sur le coin des lèvres.

– Tu savais quoi ?

– Que tu téléphonerais.

– Je vais y réfléchir, dit Casey en haussant les épaules.

– D'accord, fais donc ça, acquiesça Billy-G en ricanant.

Casey s'apprêta à partir. Il voulait à tout prix avoir l'air détaché. Cette idée était trop fragile, trop nouvelle, pour l'exposer au grand jour dans une conversation, même avec une personne comme Billy-G. Il avait d'abord besoin de la retourner dans son esprit. Il en était toujours ainsi pour lui quand il avait d'importantes décisions à prendre. Il les laissait d'abord prendre racine et croître au plus profond de son cœur avant de les extérioriser.

Casey se retourna avant de partir.

– Excellent boulot aujourd'hui, Billy-G.

Son ami lui jeta un regard par la petite fenêtre qui séparait la cuisine du comptoir.

– Téléphone.

– À plus tard.

Casey fit un signe de la main à son ami avant de se diriger vers la porte.

Il portait un journal plié sous le bras, et une sensation qu'il n'avait pas éprouvée depuis un peu plus de deux ans émergeait dans la plaine dévastée qu'était son cœur.

Une brise matinale d'espoir.

CHAPITRE 7

Les méchants triomphaient.

La première moitié du mois de novembre se passait toujours ainsi et Megan se sentit soudain trop fatiguée pour se questionner au sujet de l'amour véritable ou se remémorer des étés lointains, ou même se soucier de son fils esseulé. Le crime était en hausse de onze pour cent par rapport au mois précédent et deux causes de premiers homicides étaient étalés sur son bureau. Les mois comme ceux-là étaient éprouvants pour un procureur, mais Megan n'allait pas se laisser abattre.

D'autant plus que tout allait bien à la maison. Le comportement de Jordan s'était quelque peu amélioré et, chaque soir, elle s'obligeait à passer quelques minutes au lit avec lui avant qu'il s'endorme. Après tout, peut-être était-ce tout ce dont il avait besoin. Un peu plus de temps seul avec elle.

Cependant, cette idée ne la réconfortait pas plus qu'un verre de cyanure.

Qui essayait-elle de leurrer ? Sa mère avait raison. Jordan avait besoin d'un homme dans sa vie. Quelqu'un qui ferait des combats de lutte avec lui, qui le porterait sur ses épaules et qui l'amènerait voir une joute de base-ball de temps à autre.

— Tu travailles trop, lui avait dit sa mère la veille. Avec ce genre d'horaire, jamais tu ne trouveras un père pour Jordan.

Ce commentaire avait fait rougir les joues de Megan. La lettre que Jordan avait écrite à Dieu lui vint à l'esprit, comme pratiquement chaque jour depuis qu'elle l'avait lue.

— Je ne cherche pas un père pour Jordan. Les choses ne se passent pas ainsi dans la vie.

— Elles pourraient bien, Megan, avait rectifié sa mère, d'une voix douce mais insistante. Elles pourraient, si tu cherchais.

— Tu n'as pas vraiment cherché un père au moment où j'en ai eu besoin d'un, avait riposté Megan, offusquée, en se posant les mains sur les hanches.

Sa mère garda le silence un instant, tandis qu'une foule d'émotions défilaient dans ses yeux : le choc et la colère, la honte et le regret.

— Je me suis trompée, Megan, avoua-t-elle après s'être levée et fait un pas vers sa chambre à coucher. Tu es jeune. Ne commets pas les mêmes erreurs que moi. Ce n'est pas juste pour Jordan... ni pour toi.

Megan avait réentendu cette conversation dans son esprit plusieurs fois ce jour-là, même pendant qu'elle discutait avec des juges et qu'elle recherchait des précédents jurisprudentiels. « Ne commets pas les mêmes erreurs que moi. Ce n'est pas juste pour Jordan... ni pour toi. »

Megan recula de son bureau et inspira vivement.

Il était près de dix-huit heures et elle en avait encore pour au moins deux heures à étudier des mémoires et des dépositions avant de pouvoir retourner à la maison. Le cabinet était tranquille, la plupart des gens ayant quitté, à l'exception de quelques greffiers de soir et d'un assistant surnuméraire finissant quelque tâche assignée par l'un des procureurs.

Elle se leva et prit la direction de la salle de détente. Une tasse de café éliminerait les toiles d'araignée, l'empêcherait de penser aux paroles de sa mère, aux yeux tristes de son fils et à la lettre à Dieu. Ce n'était pas de sa faute si tout allait si mal. Elle et George n'avaient pas vraiment décidé du déroulement de leur vie.

La salle était déserte. Megan se rendit à la cafetière, saisit une grande tasse en styromousse et se versa un café. Elle ouvrit la porte du congélateur, prit deux cubes de sucre qu'elle mit dans sa tasse. Elle aimait le café noir, pas trop chaud. Autrement, elle perdrait trop de temps à le boire.

Elle tenait son café et remuait les cubes de sucre avec son petit doigt lorsque son regard fut attiré par une section pliée du *New York Times*. Quelqu'un avait déposé le journal sous la cafetière et des taches brunes avaient formé un cercle autour de la base du pot. Près du haut de la page elle aperçut un titre et, sans le vouloir, elle le lut.

« Nouveau programme de jumelage entre adultes bénévoles et enfants en deuil à la suite des événements du 11 / 9. »

Elle détourna le regard et déposa sa tasse. Un programme pour enfants en deuil ?

Le journal avait adhéré à la base du pot de café. Megan le dégagea délicatement en prenant soin de ne pas déchirer l'article. Puis, elle l'approcha de ses yeux pour le lire. Un organisme de la ville s'occupant de jeunes avait mis sur pied un programme appelé Les Cœurs en guérison. Des adultes étaient jumelés à des enfants qui avaient perdu un ou plusieurs membres de leur famille.

Soudain, Megan n'eut plus besoin de café. Ses mains tremblaient comme si elle venait d'en boire cinq. Un programme pour enfants en deuil ? Exactement ce qu'il fallait à Jordan ! Megan abandonna sa tasse sur le comptoir de la salle de détente et apporta le journal dans son bureau. C'était probablement fermé à cette heure, mais cela valait la peine d'essayer.

Elle composa le numéro de téléphone. Quelqu'un lui répondit dès la première sonnerie.

– Regroupement des enfants de Manhattan. Puis-je vous aider ?

Megan ouvrit la bouche, mais aucun mot ne sortit. Ses yeux étaient remplis de larmes et, de sa main libre, elle se massa la gorge jusqu'à temps d'être en mesure de parler.

– Je… j'ai lu un article concernant votre programme.

– Nous avons plusieurs programmes, pouvez-vous préciser lequel ? s'informa Mme Eccles, la dame à l'autre bout du fil.

– Oui… répondit Megan, après avoir repris le journal et parcouru le texte des yeux. C'est le programme des Cœurs en guérison. Mon… mon fils est ce genre d'enfant.

– Je vois, fit la dame, d'un ton plus doux. Eh bien, en premier lieu, vous et votre fils devez venir ici pour remplir les documents requis et nous donner la chance de vous rencontrer et de vous interroger tous les deux. Ensuite, dès que possible, nous tenterons de jumeler votre fils avec l'un de nos bénévoles masculins.

– Vous avez… des bénévoles disponibles ?

Elle craignait la réponse et son espoir se voila un instant. Pourquoi n'avait-elle pas entendu parler de ce programme avant ? Elle jeta un coup d'œil sur la date du journal et découvrit que l'article avait paru deux semaines plus tôt.

– Oui, Madame. Ce programme attire beaucoup de gens.

Mme Eccles fit une pause et Megan perçut un bruissement.

– Voulez-vous prendre un rendez-vous pour vous et votre fils ? continua la dame.

Megan songea à tout le travail qui l'attendait. Les dépositions, les mémoires et les précédents qu'elle devait étudier. Un rendez-vous lui prendrait de son temps, peut-être même un après-midi complet. Elle ne disposait certainement pas de tout ce temps. Une larme coula sur sa joue. Elle l'essuya avec la manche de son chemisier en soie. Elle renifla doucement et ferma les yeux pour bien se concentrer sur sa réponse.

– Oui, j'apprécierais beaucoup.

La rencontre eut lieu la semaine suivante. Quatre jours plus tard, Megan reçut un appel de Mme Eccles à son bureau. Sa voix résonna dans l'appareil comme une sorte de cantique de Noël hâtif.

– J'ai de bonnes nouvelles pour vous, Mme Wright. Nous avons trouvé quelqu'un pour votre fils.

Megan s'appuya contre le dossier de son fauteuil et serra le récepteur plus fort sur son oreille.

– Ah bon ?

– Oui et je crois que vous serez vraiment satisfaite de notre choix.

– Est-il… est-il plutôt jeune ou vieux ?

Elle respirait bruyamment en parlant et les battements de son cœur faisaient trembler les boutons de son chemisier. Jordan n'avait cessé de parler du programme depuis qu'ils s'étaient inscrits.

– S'il vous plaît, parlez-moi de lui, a-t-elle poursuivi. A-t-il… a-t-il toujours voulu aider les enfants ?

– Eh bien… répondit la dame en hésitant. Son histoire diffère un peu de celle de la plupart des autres.

Les épaules de Megan s'affaissèrent quelque peu. L'objectif du programme n'était-il pas de jumeler des enfants avec des adultes qui désiraient fortement aider un garçon ou une fille solitaire ?

– Alors, pourquoi l'avez-vous choisi ? demanda Megan.

– Son épouse est morte il y a quelques années en accouchant de leur premier enfant. Le bébé n'a pas survécu, lui non plus, ajouta la dame d'une voix qui avait quelque peu perdu de son enthousiasme. Il a lu l'article sur Les cœurs en guérison et a été très intéressé. Il a cru que cela lui serait bénéfique tout autant qu'à l'enfant blessé.

Megan vit le remords se pointer sur le seuil de sa conscience. Elle souhaitait ressentir à nouveau l'excitation, mais cette histoire était si triste.

– Oh, je suis désolée, ne put-elle que dire.

Comment un homme ayant vécu une perte semblable pouvait-il transmettre une influence positive à Jordan ? Elle rejeta ses doutes dans un placard de son esprit, se pinça l'arête du nez et poursuivit :

– Quoi d'autre ? Parlez-moi de lui.

La dame lui fit un compte rendu le plus détaillé possible. L'homme s'appelait Casey Cummins. Il avait trente-quatre ans et possédait un café dans Midtown. Il aimait le basket-ball, le football, le base-ball et les activités de plein air. Vu son travail, son horaire était flexible.

– Il court cinq kilomètres par jour et possède une maîtrise en gestion des affaires. Il serait heureux de donner un coup de main pour les devoirs.

Megan jeta un coup d'œil sur les dossiers criminels étalés sur son bureau et sentit la porte du placard où elle avait enfermé ses doutes s'ouvrir à nouveau.

– Quelle est votre méthode de sélection ?

– Nous en avons déjà parlé lors de notre rencontre, n'est-ce pas ?

Megan croisa les bras et pressa son poing dans le creux en dessous de sa cage thoracique.

– Je le sais, mais n'oubliez pas que je suis procureure.

Après un moment, elle s'obligea à prendre un ton plus poli.

– En fait… Avez-vous vérifié s'il avait un casier judiciaire ?

– Pas de dossier criminel, ni au FBI ni à la police locale. Il n'a jamais été en prison, n'a subi aucune arrestation et n'a jamais pris de drogue. Il n'a même jamais récolté d'amende pour excès de vitesse, pour autant que nous sachions. Il paye ses factures à temps et possède un appartement situé à peu près à vingt pâtés de maisons de son café. Nous avons passé de nombreuses heures à l'interroger ici-même et, bien sûr, une travailleuse sociale est allé vérifier son domicile.

Megan regrettait ses doutes mais, après une semaine d'attente, tout cela semblait trop beau pour être vrai. La dame continua :

– Et nous accordons une note à nos bénévoles, Madame Wright. Généralement, nous ne la révélons pas aux parents mais, vu votre travail, je crois que nous pouvons sans problème faire une exception. M. Cummins a obtenu la plus haute note possible dans toutes les catégories. C'est le genre de bénévole que nous recherchons désespérément.

Megan expira lentement et se sentit détendue.

– Alors, quand doivent-ils se rencontrer ?

– Nous sommes lundi…

La voix de la dame s'estompa et Megan l'entendit tourner des pages.

– Le vendredi lui convient. Alors, disons ce vendredi, quatorze novembre, à quinze heures.

Elle porta le regard sur son calendrier. Une audience prendrait presque tout l'après-midi et, en général, le vendredi elle passait les débuts de soirée à revoir les notes qu'elle avait prises durant la semaine qui venait de s'écouler. Malgré cela, il y avait certainement un moyen.

– Je dois être présente, n'est-ce pas ?

– Oui, fit la dame d'un ton désapprobateur. Évidemment, vous devez venir avec Jordan, et tous les deux vous passerez une heure à faire connaissance avec son nouvel ami. Ensuite, si cela convient à tous, M. Cummins pourra passer une heure de plus avec votre fils, soit ici soit au parc de l'autre côté de la rue.

– D'accord.

Megan imagina Jordan les yeux tout brillants lorsqu'il apprendrait la nouvelle. Qu'il méritait cela, elle le croyait de tout cœur. Le travail attendrait tout simplement.

– Cela me convient, ajouta-t-elle en étouffant un soupir. Vendredi, quinze heures.

En posant le récepteur, Megan prit conscience d'une chose. Elle avait déjà hâte à vendredi pour rencontrer ce Casey et voir comment il allait agir avec son fils. C'était une idée merveilleuse. Maintenant, elle n'avait plus besoin de chercher un homme et de le convaincre de jouer le rôle d'un père auprès de Jordan. Le programme des

Cœurs en guérison était fondé sur l'honnêteté et les besoins, et excluait totalement les attentes et les normes.

Jordan et Casey se rencontreraient une ou deux fois par semaine et se parleraient peut-être au téléphone. Tous ensemble, ils assisteraient une fois par mois à une réunion avec les conseillers du Regroupement des enfants pour voir comment progressait la relation et donner la chance à chacun de poser des questions et d'exposer ses préoccupations.

Bien sûr que c'était une bonne idée, une idée qui valait chaque minute de travail qu'elle devrait reporter à plus tard. Elle devait s'assurer du succès de cet arrangement. Megan avait prévu attendre après le travail pour annoncer la nouvelle à Jordan, mais soudain elle n'arrivait plus à penser à autre chose. Elle souleva de nouveau le récepteur et composa son numéro. Jordan répondit aussitôt.

– Allô ?

La voix enfantine résonna dans son cœur et elle sentit un picotement dans les yeux.

– Bonjour, mon chéri. C'est maman.

– Bonjour. À quelle heure reviens-tu à la maison ?

– Bientôt.

Elle tourna son regard vers la fenêtre et tenta de se représenter le visage de son fils.

– Jordan, j'ai reçu un appel du Regroupement des enfants, aujourd'hui. Tu sais… ceux qui essaient de te trouver un ami spécial ?

Jordan respira bruyamment. Ses mots furent plus forts et plus rapides que jamais.

– Tu veux dire… ils l'ont trouvé ?

– Oui… oui, ils l'ont trouvé.

Un son à mi-chemin entre le rire et les sanglots s'échappa de la gorge de Megan. Pendant quelques secondes, elle couvrit sa bouche du bout de ses doigts.

– En fait, je crois qu'il ont trouvé une personne qui te conviendra parfaitement, mon cher.

Le téléphone sonna au moment où Casey entrait dans son appartement et lançait sa veste sur une chaise. Le café avait été très achalandé et les rafales de vent avaient été pires que d'habitude. Plusieurs fois durant le trajet des dix derniers pâtés de maisons, il avait songé à cesser de courir pour prendre un taxi. Mais il avait poursuivi sa course et maintenant il était content. Il se sentait éveillé et énergique, une sensation qui ne le quittait pas depuis qu'il avait discuté avec les gens du Regroupement des enfants.

Il n'avait pas encore été jumelé à un enfant et déjà, selon lui, les Cœurs en guérison portaient bien leur nom.

Il contourna son vieux canapé usé et prit l'appel dans la cuisine juste au moment où se déclenchait le répondeur automatique.

– Allô ?

Il logea le récepteur entre sa joue et son épaule et enleva ses gants. Dès que ses doigts furent libres, il appuya sur un bouton pour éteindre le répondeur.

– Oui ?

– Bonjour, ici Mme Eccles du Regroupement des enfants de Manhattan. Nous vous avons jumelé à un garçon de huit ans. Êtes-vous disponible pour le rencontrer ce vendredi ?

La pièce se mit à tourner et Casey tâtonna derrière lui pour trouver une chaise. Il l'approcha et s'y laissa tomber.

– Cette semaine ?

Ses mots étaient à peine plus qu'un murmure et il les répéta.

– Cette semaine, le quatorze ?

– Oui, fit la dame en se mettant à rire joyeusement. Si cela vous convient.

Mme Eccles lui avait dit qu'il fallait parfois jusqu'à six semaines pour figurer un jumelage adéquat, mais Billy-G n'avait pas été d'accord.

– Deux semaines, au maximum, avait-il insisté.

– J'ai un pressentiment. Deux semaines, Casey.

Comme de fait.

Casey fit passer le récepteur dans son autre main et se cala dans sa chaise.

– Vendredi me convient parfaitement. Dites... parlez-moi de ce garçon.

– D'accord, fit Mme Eccles en inspirant rapidement. Eh bien, c'est un garçon charmant. Il a huit ans et est en deuxième année. Il aime plusieurs des choses que vous-même appréciez. Il vit avec sa mère et sa grand-mère dans Upper East Side.

– Et son père ?

Casey regrettait d'avoir posé cette question puisque la réponse était évidente. Le garçon ne serait pas inscrit au programme si son père avait été en vie.

– C'était un homme dans la cinquantaine, un négociateur d'obligations qui a succombé à une violente crise cardiaque, au travail, il y a quelques années. Depuis, la mère et les enseignants du garçon ont remarqué un changement dans son comportement. Il a reçu de l'aide psychologique de même que d'autres types de soutien. Dernièrement, sa mère lui a accordé plus de temps et il a fait du progrès.

Mme Eccles hésita avant de poursuivre.

– Malheureusement, sa mère est procureure et ne peut être à la maison aussi souvent qu'elle le souhaiterait.

Presque immédiatement, l'image lui apparut clairement. De toute évidence, la mère aimait son fils puisqu'elle l'avait inscrit au programme. Mais, toute seule, elle n'arrivait pas à lui donner tout ce qu'il avait perdu quand son père était mort. Casey se leva pour se verser un verre d'eau. Il n'était plus étourdi, mais une sorte de vertige s'était emparé de lui.

Un enfant avait besoin de lui !

Il était sur le point d'entrer dans la vie d'un garçon de huit ans, un événement qu'aurait certainement approuvé Amy.

Mme Eccles lui donna quelques détails et Casey se concentra sur ce qu'elle disait. Il était question d'une rencontre d'une durée de soixante minutes avec la mère à quinze heures, après quoi il passerait peut-être quelques heures de plus avec le garçon. Si cette première rencontre se déroulait bien, il obtiendrait le numéro de téléphone et l'adresse de l'enfant.

— Si tout va bien vendredi, vous pourrez amener le garçon manger de la pizza au restaurant. Une activité pour briser la glace.

Casey inscrivit « pizza » sur la première feuille d'un bloc-notes.

La dame était sur le point de raccrocher quand il se rappela soudainement quelque chose.

— Vous ne m'avez pas dit son nom.

— Oh… désolée, s'excusa la dame, un sourire dans la voix. Il s'appelle Jordan.

Casey ne trouva rien d'autre à ajouter. Le garçon s'appelait Jordan. Était-ce possible ? Il posa le récepteur et traversa l'appartement pour se rendre dans la chambre à coucher qu'il avait partagée avec Amy. Le journal intime de la défunte reposait encore dans la table de chevet, près du lit. Il ouvrit le tiroir et le sortit.

Le livre, usé et fragile, avait une reliure en cuir marron. Amy avait consigné des réflexions à propos de sermons et de passages de la Bible sur des feuilles de papier faisant saillie à peu près toutes les vingt pages. Casey tenait soigneusement le livre, comme si le moindre mouvement brusque avait pu le briser. À l'intérieur de la couverture, le nom d'Amy était à peine visible, griffonné à l'encre bleue au centre de la page.

C'était le même journal qu'elle avait apporté à Haïti, l'année où il l'avait connue.

De ses doigts il caressa les lettres de son nom, puis il feuilleta rapidement les pages où elle racontait comment ils s'étaient rencontrés et les sentiments qu'elle éprouvait déjà pour lui à cette époque. Il passa les récits qu'elle avait faits de leurs fréquentations ainsi que tous les autres passages qu'elle avait partagés avec lui de nombreuses fois.

Finalement, à la fin du journal, il la trouva.

Une liste de prénoms. Des noms dont Amy et lui avaient discuté et sur lesquels ils s'étaient entendus pour leur premier enfant. Il savait déjà ce qu'il allait trouver sur cette liste, mais il lui fallait regarder malgré tout. Et lorsque ses yeux parcoururent la liste, il vit qu'il ne s'était pas trompé.

Amy était certaine qu'ils auraient un fils, mais ils avaient tout de même pensé à des prénoms de filles et de garçons – juste au cas. La liste comprenait dix noms, cinq féminins et cinq masculins. À côté de celui qu'ils préféraient, Amy avait dessiné un visage souriant.

Elle avait écrit plusieurs fois ses prénoms favoris, dont les gros caractères tranchaient sur la feuille soigneusement pliée. Ils avaient choisi Kaley pour une fille et Jordan pour un garçon.

Jordan Matthew.

En regardant le nom, Casey réfléchit aux chances qu'avait Mme Eccles de le jumeler avec un garçon nommé Jordan. Quelques secondes passèrent et un frisson apparut sur ses bras et sa nuque. Que se plaisait à dire Amy, déjà ? Quelque chose à propos des miracles de Noël. Oui, c'était bien cela. Elle lui disait souvent que les miracles de Noël se produisaient pour ceux qui croient.

Il la taquinait en lui répliquant qu'elle avait tort. Il lui disait que, depuis qu'elle faisait partie de sa vie, les miracles arrivaient chaque jour de l'année. Or, elle avait insisté sur le fait qu'un phénomène spécial se produisait durant la période de Noël et que les miracles se réalisaient quand les gens y prêtaient attention.

Casey détourna le regard vers la photo d'Amy suspendue au mur. « Avais-tu raison ? Tout ce temps… ? » pensa-t-il.

Si les miracles de Noël étaient un phénomène spécial qui survenait une fois par année pour les gens qui croyaient, Casey eut alors la certitude que, où qu'elle se trouvait en ce moment, Amy le regardait en souriant, tout aussi resplendissante de son charme particulier qui l'avait séduit dès le premier jour.

Présentement, six semaines avant Noël, Casey fut soudain convaincu qu'un miracle se préparait et que, d'une certaine manière, un garçon de huit ans appelé Jordan en ferait partie.

Même si tous les deux ne se rencontreraient que vendredi après-midi.

CHAPITRE 8

Dieu avait enfin lu sa lettre.

C'était la seule explication que Jordan pouvait trouver à ce qui lui arrivait. Lui et sa mère avaient passé plus de temps ensemble au cours des derniers mois que jamais auparavant, d'après ses souvenirs. Et puis elle avait découvert ce programme spécial. Les Cœurs guérisseurs ou quelque chose comme ça, mais le nom n'avait vraiment aucune importance.

Ce qui importait, c'était que Dieu lui avait trouvé un papa.

Pas un vrai père bien sûr, mais une sorte de papa. Quelqu'un qui jouerait avec lui et qui l'emmènerait au parc, qui l'aiderait à effectuer ses additions et ses soustractions, comme le papa de Keith.

Jordan était tellement excité qu'il réussissait à peine à dormir. Il s'étendait sur son lit et fixait le papier peint à rayures bleues et blanches ainsi que la petite rangée de gants et de bâtons de base-ball exposés sur un relief élevé entourant sa chambre. Il imaginait Dieu recevant sa lettre, l'ouvrant et pensant au programme des Cœurs guérisseurs, un programme idéal pour lui donner un papa.

Durant la semaine, il n'avait pu s'empêcher de questionner plusieurs fois sa grand-mère à propos de la journée de vendredi.

Le mercredi, il alla la retrouver et tira sur sa manche.

– Combien de jours, grand-maman ?

– Jusqu'à quand ?

– Jusqu'au moment où je vais le rencontrer. Combien de jours ?

Sa grand-mère avait poussé un soupir d'énervement en lui tapotant la tête.

– Deux jours, Jordan. Un de moins qu'hier. Cesse de me le demander.

– Crois-tu qu'il sera gentil ?

– Très gentil.

– Penses-tu que je devrais lui raconter ma blague à propos du poulet et du bulldog ?

– Bien sûr, Jordan. Raconte-lui cette blague, répondit sa grand-mère en reportant son attention sur la télévision. La plupart des hommes aiment les blagues.

– Qu'arrivera-t-il s'il veut être mon papa, grand-maman ?

– Jordan…

Sa grand-mère mit ses mains sur son visage comme pour étirer la peau de son front.

– Ta mère te l'a déjà dit. Cet homme s'appelle Casey et il ne sera pas ton père, juste un ami spécial.

– Mais il sera un peu comme un papa, n'est-ce pas, grand-maman ?

– Non, Jordan, pas comme un papa. Ce sera simplement un ami spécial.

– Oh ! fit Jordan après avoir réfléchi un instant. Mais s'il veut venir vivre avec nous, pourra-t-il dormir dans ma chambre ?

Sa grand-mère s'agrippa fermement aux accoudoirs de son fauteuil et agrandit les yeux.

– Il ne viendra pas vivre avec nous, Jordan. C'est clair ? Pas pour l'instant ni jamais.

– D'accord.

Jordan attendit jusqu'à ce que sa grand-mère retourne une fois de plus à son émission. Puis, aussi délicatement qu'il le put, il tira à nouveau sur sa manche.

– Pour l'amour de Dieu, Jordan !

La voix de sa grand-mère s'était amplifiée et ses sourcils avaient disparu dans les plis de son front.

– Tu ne pourrais pas laisser ta vieille grand-mère tranquille ?

– Juste une autre question.

Jordan s'exprima d'un ton doux et calme, comme sa grand-maman aimait. Puis, il sourit pour mettre toutes les chances de son côté.

– Oh, mon Dieu ! Vas-y.

Sa grand-mère s'enfonça un peu plus dans son gros fauteuil et les os de ses épaules rapetissèrent.

– Qu'arrivera-t-il s'il ne m'aime pas, grand-maman ?

La vieille dame se redressa et son regard s'adoucit.

– Bien sûr qu'il va t'aimer, dit-elle en tendant un bras et en l'enlaçant à moitié. Tu n'as qu'à éviter de lui poser des milliers de questions.

Le vendredi matin, Jordan était tellement excité qu'il ne put avaler son petit-déjeuner. Cette fois, il adressa ses questions à sa mère. Dans combien d'heures allaient-ils le rencontrer ? De quoi aurait-il l'air ? Où iraient-ils et que feraient-ils ? Et surtout, qu'arriverait-il si Casey ne l'aimait pas ? Sa mère commençait à respirer bruyamment et Jordan était sûr qu'elle allait se fâcher contre lui quand soudain elle fit quelque chose de vraiment étrange. Une chose que jamais elle ne faisait quand elle se préparait le matin.

Elle rit.

Puis, elle lui ébouriffa les cheveux et plaça un verre de jus d'orange devant lui.

– Jordan, cette fois je ne connais pas toutes les réponses et c'est moi qui devrais demander le nombre d'heures avant la rencontre. Vendredi, tu auras toutes les réponses à tes questions, ajouta-t-elle en posant les mains sur les hanches.

Jordan se mit à rire lui aussi. Puis, il s'efforça de ne plus poser de questions durant toute la matinée. Sa mère avait raison. Elle ne connaissait pas toutes les réponses, contrairement à Dieu. Ainsi, un peu plus tard, sur le chemin de l'école, Jordan ajouta un post-scriptum à sa lettre. C'est ce qu'il fallait faire quand on avait écrit une lettre et oublié de dire quelque chose de spécial.

Sa mère lisait un de ses dossiers. Jordan regarda alors par la vitre du taxi et formula son P.S. à voix très basse pour que seul Dieu l'entende.

« P.S. : Dieu, faites que Casey m'aime. »

Toute la journée, Jordan eut de la difficulté à demeurer attentif au discours de Mlle Hanson et deux fois elle l'envoya s'asseoir au fond de la classe parce qu'il n'écoutait pas. Mais cela ne le dérangea pas car, au son de la cloche, sa mère l'attendrait dans un taxi pour aller au Regroupement des enfants, là où il rencontrerait celui qui deviendrait un peu comme son papa.

Il garderait ce secret pour lui. Casey serait son ami spécial. C'était son titre officiel. À leur arrivée, la dame qu'il avait déjà rencontrée les fit passer dans une pièce. À ce moment même, le téléavertisseur de sa mère retentit.

– Un appel téléphonique, dit-elle à la dame, un sourire aux lèvres, en levant le doigt. Juste une minute.

Après sa conversation au téléphone, sa mère s'entretint longtemps seule à seule avec la dame. Jordan ne saisit que quelques mots. Il était question d'un cas d'urgence et que cette situation ne se reproduirait plus. Sa mère était désolée. La dame considéra sa mère d'un air renfrogné pendant un bon moment puis lui dit qu'elle ferait peut-être une exception pour une fois.

Finalement, elles vinrent le retrouver.

— Mon chéri, dit sa mère en s'accroupissant pour être à la hauteur du garçon, maman a une réunion spéciale au travail. Je ne pourrai donc pas rester pour rencontrer Casey. Pas cette fois, fit-elle en regardant la dame. Mais Mme Eccles restera avec toi quand il arrivera. Tout va bien se passer. Je le verrai la semaine prochaine, d'accord ?

Jordan ressentit un pincement au cœur, mais décida que ce n'était pas le moment de pleurer. Sa mère avait tout le temps des réunions spéciales mais, au moins, la rencontre n'était pas annulée.

— D'accord, acquiesça-t-il.

Sa mère partit et Mme Eccles revint une minute plus tard, accompagnée d'un grand homme qui paraissait fort et heureux, tel Brett Favre des Packers de Green Bay. Le type marcha vers lui et lui tendit la main en lui souriant d'une manière qui lui procura un chaleureux sentiment de sécurité à l'intérieur.

— Bonjour, Jordan. Je suis Casey.

— Bonjour, Casey.

Jordan serra la main de l'homme et, aussitôt, il fut rassuré. Casey serait comme un papa, pas un ami spécial. Jordan rêvait parfois qu'il avait à nouveau un papa et, dans chacun de ses rêves, ce papa avait cette même apparence.

Grand, fort et heureux. Exactement comme l'homme qui se tenait devant lui présentement.

Casey avait dû attendre cinq minutes avant de faire la rencontre de Jordan pour écouter Mme Eccles se répandre en invectives contre la mère du garçon qui était partie.

— Vous imaginez, à la première rencontre !

La dame avait secoué la tête plusieurs fois et avait poursuivi :

— Personne ne manque la première rencontre.

Cela n'avait pas vraiment d'importance pour Casey. Il n'avait pas beaucoup pensé à la mère de Jordan. C'était l'idée de rencontrer le garçon qui l'avait tenu éveillé la nuit et qui lui avait donné encore plus d'élan quand il faisait son jogging pour aller au travail chaque jour et en revenir. New York était l'endroit le plus joli au monde aux alentours de Noël et déjà la transformation avait commencé. La première neige était tombée et Central Park était tout blanc, sauf les sentiers et les aires de jeu.

La police s'affairait aux préparatifs du défilé de l'Action de grâce. Dans tout Manhattan, des lumières étaient accrochées aux arbres et le long des devantures des magasins.

Plus vendredi approchait, plus Casey se disait qu'Amy avait eu raison après tout. Les miracles de Noël se produisaient pour ceux qui croyaient et, d'une certaine manière, un miracle était assurément en train de se produire pour lui et Jordan.

Mme Eccles finit d'expliquer que, pour cette fois – malgré sa réticence –, elle allait laisser Casey rencontrer Jordan même si la mère du garçon n'était pas présente. Finalement, elle amena Casey dans la pièce où l'attendait l'enfant. Aussitôt qu'il aperçut le garçon, il eut une étrange sensation. Il eut l'impression d'avoir déjà vu cet enfant auparavant, peut-être au café ou quelque part au parc.

Il prit la main du garçon dans la sienne et la serra. C'est à ce moment qu'il ressentit un lien si spontané, si immédiat, un lien qui lui fit penser à ce qu'il avait éprouvé la première fois qu'il avait vu Amy.

Ils passèrent une heure à bavarder avec Mme Eccles et, lorsque Jordan se mit à raconter ses blagues, Casey et l'assistante sociale se firent un signe comme quoi le moment était venu.

– Eh, Jordan, tu veux aller jouer au parc ?

Les yeux du garçon s'illuminèrent tels les arbres de Times Square. Il consulta Mme Eccles.

– Nous pouvons ?

– Oui. Ta mère est d'accord.

Ils quittèrent la pièce. Casey tenait la main de Jordan lorsqu'ils traversèrent la rue. La sensation de cette main d'enfant protégée par la sienne fit naître des choses étranges dans son cœur. Aurait-il ressenti les mêmes sensations en tenant la main de son propre fils, son Jordan à lui, si ce dernier avait survécu ?

Casey amena le garçon à l'aire de jeu d'East Meadow, celle où il y avait un grand toboggan et où lui et Amy étaient venus si souvent par le passé. Dès qu'ils tournèrent le coin, Jordan repéra les équipements de jeu et exécuta une suite de sauts de joie.

– Eh, Casey, devine ! C'est ici que ma mère m'amène jouer de temps en temps.

– Vraiment ?

– Vraiment ! dit-il en attirant Casey vers le grand toboggan. Par contre, elle ne glisse pas avec moi sur le toboggan, mais ce n'est pas grave. C'est une fille.

– Je vais glisser avec toi, dit Casey en riant.

Il suivit Jordan et monta dans l'échelle. Il poursuivit :

– Mais ne te moque pas de moi si je reste coincé, d'accord ?

Jordan ricana et les deux glissèrent sur le toboggan l'un après l'autre jusqu'à ce que Casey perde le compte du nombre de fois. Le banc sur lequel il s'était assis avec Amy était tout près, mais Casey s'efforça de ne pas le regarder. Finalement, au bout d'une heure, il inspira profondément et indiqua la balançoire.

– Et si je te donnais des poussées, maintenant ?

– Tu veux bien ?

Les yeux de Jordan s'agrandirent. Ses joues étaient rougies par le vent froid et l'excitation.

– Ma mère ne me pousse jamais très longtemps, non plus. Elle craint de briser les talons de ses souliers.

– Ah bon.

Casey étouffa une envie de rire et, après avoir donné des poussées à Jordan durant quelques minutes, il tenta d'imaginer la mère du garçon. Comme il devait être difficile d'avoir un travail exigeant et un fils qui clairement demandait beaucoup d'attention.

– Parle-moi de ta mère.

Jordan tendit les jambes afin de faire monter la balançoire encore plus haut.

– De quoi exactement ? s'enquit le garçon.

– Eh bien, va-t-elle à des fêtes ou à des rendez-vous, ce genre de trucs ?

– Nan.

Jordan se renversa vers l'arrière et regarda le ciel, tandis que la balançoire le berçait de haut en bas.

– Elle travaille toujours.

– Oh.

Casey ne savait trop quelle autre question poser. Il ne voulait pas embarrasser le garçon en cette première sortie.

– Elle doit beaucoup aimer son travail.

– Elle est procureure de l'État. Megan Wright, ajouta Jordan en tournant la tête pour regarder Casey. Elle est souvent dans les journaux.

Durant un instant, Casey laissa le nom de cette femme flotter dans son esprit. Il lui paraissait vaguement familier. Puis, il se souvint. Un des clients réguliers du café avait un fils qui avait été tué l'an dernier dans une fusillade lors d'un vol. Casey était presque certain que Megan Wright avait été la procureure. Oui, c'était bien cela. Le père de ce garçon avait mentionné que Megan Wright était une obstinée, l'une des raisons pour lesquelles Manhattan était encore un endroit vivable.

Casey donna une autre poussée à Jordan.

– Je crois avoir déjà entendu parler d'elle.

– Ouais, fit Jordan d'un ton moins qu'enthousiaste.

– Alors, voilà pourquoi elle travaille si fort, hein ? Elle a de nombreuses causes.

Jordan haussa les épaules et laissa traîner ses pieds sur le gravier sablonneux sous la balançoire. Lorsqu'il s'arrêta, il se tourna vers Casey en plissant les yeux. Cette expression le faisait paraître plus vieux.

– Elle ne croit pas à l'amour.

Casey sentit les battements de son cœur s'accélérer. Il planta ses mains dans les poches de son jean et fit lentement quelques hochements de la tête.

– C'est vrai ?

– Ouais.

Jordan donna un coup de pied dans le gravier et jeta un regard vers un couple qui marchait main dans la main à côté de deux petits enfants, près des équipements de jeu.

– Elle a dit à grand-maman que mon père ne savait pas comment l'aimer et maintenant…

Il souleva les épaules à nouveau.

– Maintenant que papa est parti, elle ne croit plus à l'amour.

– Oh, c'est triste.

Casey sentit une sorte de frisson lui parcourir le corps. Qu'avait vécu cette femme pour en être arrivée là ? pour avoir perdu toute foi en l'amour ? Son client avait parfaitement décrit cette femme. Obstinée aussi bien à la cour que dans la vie, si la déclaration de Jordan était vraie. Il l'imagina, enfermant les criminels aussi adroitement que ses propres sentiments.

Pas étonnant que Jordan avait besoin d'un ami spécial.

– Quelle heure est-il ? demanda Jordan après avoir quitté la balançoire et levé la tête.

Il s'était ouvert à lui et Casey lui en était reconnaissant.

– Il est temps de partir.

Ils reprirent la route ensemble et demeurèrent silencieux un moment. Casey consulta sa montre.

– Nous avons le temps d'aller manger de la pizza, si tu veux.

Le visage de Jordan s'illumina et il exécuta à nouveau quelques sauts rapides.

– La pizza, c'est ce que je préfère. Avec beaucoup de fromage et des ananas, mais sans ces horribles choses noires, d'accord ?

– Sans olives ? ricana Casey en prenant la main du garçon. D'accord, nous n'en prendrons pas.

– Ouais, des olives, fit Jordan en grimaçant. Pouah ! Ça ressemble à des yeux coupés en deux.

Casey rit à nouveau et une chose le frappa. Jamais il ne s'était autant amusé depuis la mort d'Amy. Ils traversèrent le parc et dénichèrent une petite pizzeria que Casey ne connaissait pas. Ils passèrent leur commande et s'installèrent dans un compartiment près d'un vieux juke-box hors d'usage. Un jour, il amènerait le garçon au Casey's Corner, mais pas tout de suite. Leur amitié était trop récente pour qu'il s'expose aux questions des gens.

Pendant qu'ils dégustaient leur pizza double fromage et ananas, Casey regarda Jordan dans les yeux et baissa la voix.

– J'ai réfléchi à propos de ta mère.

– Ouais, j'aurais aimé qu'elle vienne. Elle a dit qu'elle te rencontrerait la semaine prochaine.

– Bien.

Casey saisit sa paille en plastique rouge entre ses doigts, la rapprocha et but une longue gorgée d'eau glacée.

– Je voulais parler d'autre chose.

– Quoi ? demanda Jordan, curieux, après avoir levé la tête.

– Eh bien, voici.

Casey tourna la tête d'un côté, puis de l'autre, comme si l'information qu'il s'apprêtait à lui révéler était très secrète.

– Mon épouse disait que les miracles de Noël se produisaient pour ceux qui croient.

– Les miracles de Noël ? répéta Jordan, les yeux grands.

– Oui, fit Casey en se frottant le menton. Nous avons une bonne occasion de vérifier si elle avait raison, si les miracles de Noël se réalisent vraiment.

Jordan pencha la tête et déposa son morceau de pizza dans son assiette.

– Tu y crois, toi ?

– Eh bien… répondit Casey en hésitant. Avant, je n'y croyais pas.

Il prit la paille et but à nouveau une grande lampée d'eau. Ses yeux restaient fixés sur ceux de Jordan. Il poursuivit :

– Mais quelque chose me dit que c'est vrai, que les miracles de Noël se produisent *réellement*.

– Eh, je sais de quoi tu parles. J'ai écrit une lettre à …

Les yeux de Jordan brillaient, puis son expression changea. Il s'arrêta et modifia sa phrase.

– Je veux dire que je crois aux miracles de Noël… si tu y crois, Casey.

– Voilà de quoi a besoin ta mère. Un miracle de Noël bien spécial.

– Je ne pense pas qu'elle croie davantage aux miracles. D'aucune sorte, dit Jordan en se laissant retomber le menton sur la poitrine.

– Eh bien, alors…

Casey se redressa. Le faux complot venait de prendre fin. Il avait envie de s'informer à propos de la lettre et d'une centaine d'autres choses, mais ces questions pouvaient attendre. Lorsqu'ils auraient mangé ensemble une dizaine ou une douzaine de pizzas.

– Si elle ne croit pas, toi et moi, nous pouvons prier pour qu'elle retrouve la foi.

– Prier pour que maman croie aux miracles ? dit Jordan, surpris.

– Commençons par le début, expliqua Casey en se mordant la lèvre. Prions d'abord pour qu'elle croie encore à l'amour. C'est toujours bien de prier.

– Ouais… acquiesça Jordan, un demi-sourire aux lèvres. Et si elle croit à l'amour, peut-être qu'un jour elle croira aussi aux miracles, n'est-ce pas ?

– En effet.

Casey voulut dire qu'il lui semblait que, si Megan Wright croyait à nouveau en l'amour, elle croirait aux miracles par défaut parce que l'un ne va pas sans l'autre. Il hocha plutôt la tête en fixant la pizza.

– Gardons le reste pour ta mère. Nous devons être de retour dans dix minutes.

– D'accord.

Jordan croqua une grosse bouchée de pizza qu'il avala avec une gorgée de racinette.

– Merci pour cette sortie, Casey. Je me suis amusé.

– Moi aussi.

Une sensation bizarre envahit le cœur de Casey. Il toussa un peu pour éclaircir sa voix, puis il poursuivit :

– Je crois que nous resterons très longtemps des amis spéciaux.

Une heure plus tard, Casey était de retour à la maison et il fit une chose qu'il n'avait pas faite depuis des mois. Il s'installa au bord de son lit, s'agenouilla et remercia Dieu d'avoir amené Jordan Wright dans sa vie. Il Le remercia aussi pour cette sensation de renaître qu'il éprouvait et qui colorait ses pensées, son âme et son avenir en entier. Après avoir témoigné sa reconnaissance à Dieu, il baissa la tête et pria avec une ferveur qu'il n'avait pas éprouvée depuis l'époque d'Haïti.

Il pria pour que Megan Wright croie de nouveau à l'amour.

Puis il changea de vêtements, se brossa les dents et, après avoir regardé la télévision pendant une heure, se mit au lit plus tôt qu'à son habitude. Il se représenta Amy et essaya d'imaginer ce qu'elle aurait pensé de Jordan. Elle l'aurait aimé, bien sûr. Et si elle savait ce qu'il en était de la mère du garçon, lui et Jordan n'étaient certainement pas les seuls à prier pour cette Mme Wright.

Quelque part là-haut dans le ciel, Amy priait, elle aussi.

Jordan parla à sa mère de la pizza, du parc, de la balançoire et des vingt-trois fois qu'ils avaient glissé ensemble sur le grand toboggan. Il bavarda durant tout le trajet du retour et encore durant le dîner et, même après avoir brossé ses dents et quand sa mère le borda dans son lit.

Puis, elle mit un doigt sur sa bouche.

– Assez, Jordan. Il est temps de dormir.

– C'est le meilleur ami spécial du monde, maman, dit-il après avoir inspiré profondément. J'ai hâte que tu le rencontres. Et alors, tous les trois nous pourrons…

– Jordan…

Elle sourit et lui posa un baiser sur le bout du nez.

– Je suis certaine qu'il est merveilleux. Je suis heureuse de te voir si joyeux, mais maintenant tu dois dormir. Nous en reparlerons demain.

Elle quitta sa chambre et, lorsqu'elle eut fermé la porte, il se rassit dans son lit et regarda par la fenêtre, à côté de sa bibliothèque. « Dieu, c'est moi, Jordan. » Il fit un large sourire. « Casey est tellement gentil, Dieu. C'est le meilleur ami. Je suis très content que Vous me l'ayez fait connaître. » Son sourire se rétrécit. « Casey dit que nous devons prier pour maman, pour qu'elle croie encore à l'amour. » Jordan se mit en position accroupie pour mieux voir les étoiles. « C'est pourquoi je Vous parle, Dieu. Mais si Vous le voulez, je peux vous écrire une autre lettre. Si Vous pouvez m'envoyer une personne comme Casey, Vous pouvez certainement réaliser mon vœu. Surtout à Noël. »

« Casey a dit qu'à Noël Vous faisiez les plus meilleurs miracles de tous. »

CHAPITRE 9

Maggie avait entendu le nom de Casey tellement souvent au cours des trois dernières semaines que l'homme lui semblait faire partie de la famille.

Elle s'aspergea le visage d'eau et s'épongea les joues avec l'essuie-mains. Des voix lui parvenaient de la salle à manger.

– Puis, il m'a amené à Chelsea Piers, grand-maman, et nous nous sommes baladés dans les montagnes russes et un autre manège qui tournait. Après ça, nous avons mangé beaucoup de barbe à papa et il a joué avec moi cinq fois d'affilée à la machine à boules même si je gagnais tout le temps, et puis…

C'était samedi matin. La veille, Jordan était sorti pour la troisième fois avec son ami spécial. Il ne faisait aucun doute que le programme des Cœurs en guérison avait été la solution parfaite pour Jordan, de même que pour

Megan qui avait pu se consacrer davantage à son travail. Son fils était plus heureux, plus à l'aise, et obéissait mieux à sa grand-mère après l'école. De plus, à quand remontait la dernière fois qu'elle l'avait amené à Chelsea Piers ?

Casey téléphonait même quelques fois durant la semaine pour discuter avec Jordan et s'informer de sa journée à l'école. Cet homme ressemblait tout à fait au bénévole parfait qu'avait décrit Mme Eccles.

Cependant, l'ombre d'un doute venait parfois obscurcir la surface de la conscience de Megan.

Le programme n'offrait pas de garantie. Aucun contrat ne pouvait empêcher un homme célibataire tel que Casey de sortir de la vie de son fils et de lui briser le cœur à nouveau. Megan étudia son reflet dans le miroir durant quelques secondes et apprécia ce qu'elle vit. Sans maquillage, elle paraissait plus jeune et, maintenant que Jordan avait retrouvé sa joie de vivre, les petites lignes au coin de ses yeux avaient disparu.

Elle éteignit la lumière et se rendit dans la salle de séjour.

— Te voilà enfin, sa mère lui lança-t-elle d'un ton réprobateur. Tes œufs refroidissent.

Le samedi matin, sa mère préparait le petit-déjeuner et Megan en profitait pour rester au lit un peu plus long-temps que d'habitude. Elle sourit à Jordan.

— On dirait que tu t'es encore bien amusé.

– Ouais, mais pourquoi n'as-tu pas pu venir avec nous, encore une fois ?

– Je te l'ai dit.

Megan s'installa sur la chaise entre Jordan et sa mère, et déplia sa serviette de table sur ses genoux.

– Le vendredi, je suis très occupée, Jordan. C'est difficile pour moi de me libérer.

– C'est ce que tu as dit la semaine dernière, répliqua-t-il d'un ton qui exprimait davantage la déception que la colère. Casey aimerait vraiment te rencontrer.

Megan inclina la tête, s'apprêtant à prendre une bouchée d'œufs.

– C'est *lui* qui l'a dit ou c'est seulement ce que tu crois ?

– Eh bien... fin Jordan après avoir réfléchi une minute. Il ne l'a pas vraiment dit, mais il le pense. Je le sais, maman. La dame au Regroupement a dit que tous les autres parents avaient rencontré l'ami spécial de leur enfant, sauf toi.

Megan se dit qu'elle devait se souvenir de communiquer avec Mme Eccles pour lui suggérer de garder ses commentaires pour elle-même, de ne pas exprimer ses frustrations à Jordan.

À ses côtés, sa mère finissait de manger une rôtie et essuyait ses lèvres avec le coin de sa serviette. Sa voix était plus agréable que d'habitude.

– Alors, mon chéri, quel âge a ce Casey ? Va-t-il à l'université ?

Le ton de Jordan monta un peu. Son visage resplendissait.

– Il a trente-quatre ans et possède son propre restaurant.

Jordan regarda Megan, puis sa grand-mère.

– N'est-ce pas formidable ?

– Merveilleux, répondit la mère de Megan d'une voix enjouée.

Elle jeta un regard subtil en direction de Megan.

– Trente-quatre ans, célibataire, propriétaire d'un restaurant.

Elle fit une pause et les commissures de ses lèvres esquissèrent un petit sourire.

– J'ai l'impression que tu devrais te libérer pour le rencontrer, Megan.

– Maman… fit Megan en levant les yeux vers sa mère et en baissant la voix. Je ne suis pas intéressée et je déteste que tu me mettes de la pression, poursuivit-elle.

– Maman ? fit Jordan, qui semblait désespéré.

Il lui tapota la main du bout de sa fourchette jusqu'à ce qu'elle se tourne vers lui.

– Tu ne veux pas rencontrer Casey ?

Megan regarda sa mère en fronçant les sourcils, puis modifia rapidement son expression lorsqu'elle porta son attention sur Jordan.

– Bien sûr que je veux le rencontrer, chéri. Vendredi prochain, c'est promis, d'accord ? Je vais me libérer pour vous accompagner.

– Bien. Je vais téléphoner à Casey aujourd'hui pour le prévenir.

– Le prévenir de quoi ?

– Qu'il doit acheter trois billets pour la joute des Nets.

La mère de Megan se leva pour porter son assiette vide à la cuisine. Sa voix avait toujours ce ton enjoué d'entremetteuse que détestait sa fille.

– Hum, on dirait un vrai rendez-vous galant, ne put-elle s'empêcher de dire.

– Attends une minute ! fit Jordan en bondissant de sa chaise avant de courir jusqu'au tiroir, près du téléphone. La dame du Regroupement des enfants m'a donné une lettre pour toi. Elle a dit qu'il était très important que tu la lises.

Il saisit une enveloppe et revint vers Megan au pas de course.

– La voici. Lis-la, maman, je veux savoir ce qu'elle dit, poursuivit-il après avoir hésité quelques secondes.

Megan retira la feuille de l'enveloppe, la déplia et la lut en silence. La lettre venait de Mme Eccles. Elle était brève et directe.

Chère Madame Wright,

Nous avons essayé plusieurs fois de communiquer avec vous afin de vous faire comprendre l'importance de votre présence à une rencontre avec votre fils et son ami spécial. L'engagement parental est une exigence du programme. Puisque vous avez manqué trois rencontres consécutives ici au Regroupement, nous vous offrons la possibilité d'organiser une réunion avec Jordan et M. Cummins en dehors des rendez-vous fixes du vendredi. Vous trouverez ci-dessous le numéro de téléphone de M. Cummins à sa résidence de même que celui de son cellulaire. Ainsi, vous pourrez l'appeler et vous entendre avec lui pour un rendez-vous. Si vous ne respectez pas le règlement de notre programme, nous serons obligés d'en retirer Jordan et de jumeler M. Cummins à un autre enfant. Sincèrement, Mme Eccles.

— Eh bien, maman… que dit la lettre ? Jordan demanda-t-il après s'être agrippé au bord de la table et avoir exécuté deux petits sauts.

Megan contempla son fils, ne sachant trop quoi lui dire. Sa mère était dans la cuisine en train de nettoyer le poêlon et, heureusement, ne pouvait ajouter ses propres questions. Comment cette travailleuse sociale osait-elle menacer de retirer Jordan du programme ? Était-il si important qu'elle rencontre ce… ce Casey machin-chose.

C'était l'ami spécial de Jordan, pas le sien. Pourquoi les gens du Regroupement tenaient-ils tant à ce que les parents prennent part au programme ?

Les questions que se posaient Megan disparurent comme neige au soleil.

Qu'elle fut ou non d'accord avec ces règles, elle devait absolument les respecter. Jordan avait déjà perdu un homme dans sa vie et elle ne supporterait pas de le voir perdre Casey. Surtout par sa propre faute.

Elle plia la lettre et la remit dans l'enveloppe. S'ils devaient se rencontrer, mieux valait régler ce point immédiatement.

— Jordan, que dirais-tu d'inviter Casey à dîner ?

— Oui ! s'exclama Jordan, qui se mit à courir en cercle pour accomplir son habituel saut dans les airs, le poing levé. Ce serait merveilleux, maman ! Quand peut-il venir ?

Megan réfléchit un instant. Elle pourrait effectuer plus tôt le travail qu'elle gardait pour dimanche et partager un repas avec cet homme demain. Ainsi, lundi matin, elle pourrait téléphoner à Mme Eccles et lui annoncer qu'elle avait répondu à l'exigence. De plus, le dimanche soir, sa mère jouait au bridge. Le repas se passerait donc tout bonnement sans qu'elle ne sente de la pression de la part de sa mère. Elle sourit à Jordan.

— Demain, cela t'irait ?

– Oui ! Oui… Oui… Oui… fit Jordan en s'élançant vers le téléphone, avant de soulever le récepteur et de le tendre à Megan. Appelle, maman, poursuivit-il, tout essoufflé et les yeux brillants. Appelle-le tout de suite.

De la cuisine, sa mère avait suivi ce qui se passait. Elle essuyait la poêle à frire avec le regard entendu d'un chat de Cheshire. Megan serra les dents et réussit à émettre un sourire.

– Ton ami ne me connaît pas, mon chéri. Pourquoi ne lui téléphonerais-tu pas pour l'inviter. À dix-huit heures, d'accord ?

– D'accord, je vais l'appeler sur son cellulaire, Jordan s'empressa-t-il de dire en souriant, après avoir haussé quelques fois les épaules.

Il composa le numéro, qui lui était devenu familier au cours des dernières semaines. La conversation qui suivit fut brève. Après l'appel, le garçon affichait un large sourire.

– Il était au travail. Il a dit qu'il serait ici à dix-huit heures.

Jordan alla déposer le récepteur, puis entoura de ses bras les jambes de Megan qu'il serra très fort.

– Merci, maman. Je suis sûr que tu vas l'aimer autant que moi.

Megan ne comprenait pas pourquoi elle se sentait si nerveuse.

C'était dimanche soir, quelques minutes avant dix-huit heures. Elle avait cuisiné un pain de viande avec des pommes de terre au four et tout était prêt ; malgré tout, elle éprouvait une drôle de sensation. Et s'il y avait incompatibilité entre eux ? Et s'il avait déjà entendu parler d'elle dans les journaux et qu'il n'aimait pas les femmes procureures ? Et si à la suite de cette soirée Casey en venait à prêter moins d'attention à Jordan ?

Megan interrompit ses pensées. Elle éteignait le four quand la sonnette retentit. Elle se passa la main dans les cheveux une dernière fois et vit Jordan jaillir de sa chambre et se précipiter vers l'entrée.

– Casey ! cria-t-il en ouvrant la porte. Entre, je vais te montrer ma chambre !

– Pas si vite, mon ami. Je crois qu'il serait mieux que je rencontre ta mère d'abord.

La porte s'ouvrit davantage et un homme tenant la main de Jordan apparut dans le hall d'entrée. Il était grand et avait de larges épaules. Il portait un jean pâli et un chandail léger marqué NYC. Ses cheveux foncés étaient courts et ses yeux étaient d'une teinte bleu clair, comme l'eau des îles côtières de la Floride. Et puis il y avait autre chose. Quelque chose que Megan lui trouvait familier mais qu'elle n'arrivait pas à figurer.

Elle installa une paire de manicles sur le comptoir et les rejoignit dans la salle de séjour.

– Je suis Megan. Merci d'avoir accepté notre invitation.

– Casey, fit-il en effectuant un signe de tête et en lui serrant la main. Merci de m'avoir invité.

Pendant quelques secondes, il y eut un silence embarrassant. Puis, Jordan tira à nouveau le bras de Casey.

– Viens, je vais te montrer l'avion électrique que tu m'as donné. Je l'ai déjà monté !

Casey et Megan échangèrent un petit sourire en ricanant.

– Je fais mieux d'aller jeter un coup d'œil là-dessus, dit joyeusement Casey.

– Allez-y, nous mangerons dans quelques minutes, approuva Megan.

Elle servit le dîner en un rien de temps et n'eut pas à entretenir la conversation puisque Jordan comblait tous les silences. Finalement, Megan dut lui dire de cesser de parler et l'enjoindre de manger. Dès que Jordan se fut calmé, Casey se tourna vers elle avec une expression polie et réservée.

– Jordan m'a dit que vous l'ameniez à East Meadow. C'est mon aire de jeu favorite, là où il y a un grand toboggan.

– Oui, nous avons toujours… Attendez… c'est à cet endroit que je vous ai vu, poursuivit Megan après s'être interrompue un court moment.

– Je ne me souviens pas que nous nous soyons rencontrés, dit Casey, d'un air confus, en inclinant la tête après avoir déposé sa fourchette.

– Nous ne nous sommes pas rencontrés. Vous faites du jogging, n'est-ce pas ? demanda Megan, qui revoyait clairement la scène maintenant.

– Tous les jours.

– Il y a un mois, j'ai amené Jordan jouer et je crois que vous étiez assis seul sur un banc de l'aire de jeu.

Soudain, Megan revit la tristesse dans les yeux de l'homme ce jour-là. Elle choisit ses mots avec précaution.

– Survêtement, casquette en tricot. Vous aviez l'air plutôt pensif.

– Ce devait être moi, dit Casey en portant son regard de Megan à Jordan. O.K., maintenant je me souviens, poursuivit-il. Pendant tout ce temps, Jordan m'a paru familier. J'avais l'impression de l'avoir déjà vu quelque part.

Il hésita et reporta son attention vers Megan.

– Le jour où je me suis arrêté à ce banc avait été plutôt dur pour moi. Je veux dire au travail. J'ai vu Jordan jouer et il m'a semblé… un gentil garçon.

Megan scruta le regard de Casey et perçut dans son histoire des failles assez grosses pour les engloutir tous les trois, mais cela ne la regardait pas. De plus, après ce soir, ils ne se reverraient probablement plus jamais. Elle sourit poliment.

– Le monde est petit.

– Très petit, acquiesça-t-il.

Jordan réintégra la conversation et ils discutèrent de la dernière saison de base-ball, se demandant si les Nets allaient bien se classer cette année.

Casey se détourna de Jordan un instant et capta le regard de Megan.

– Jordan m'a prévenu que je devais réserver trois billets pour vendredi. Vous viendrez avec nous ?

Megan était piégée. Elle posa sa fourchette dans son assiette. Son regard passa de Jordan à Casey. Cet homme ne faisait que se montrer poli, mais Jordan souhaitait presque désespérément qu'elle dise oui.

– Certainement, répondit-elle en ravalant le soupir qui lui était resté coincé dans la gorge. Cela me ferait plaisir.

– Fantastique ! Nous allons bien nous amuser.

Jordan prit une bouchée de pommes de terre et regarda à nouveau Casey.

– J'ai des cartes éclair dans ma chambre pour les additions et les soustractions. Ça te tenterait après le dîner ?

– Bien sûr, champion. J'aime les cartes éclair.

La conversation se poursuivit aisément et Megan fit de son mieux pour ne pas y prendre part. Ainsi, elle pouvait examiner l'homme, celui qu'elle avait vu à l'aire de jeu d'East Meadow, et s'interroger sur son passé. Il avait perdu son épouse et son bébé. C'était tout ce qu'elle savait de lui. Cela expliquait certainement ses yeux tristes ce jour-là au parc. Mais comment lui et son fils en étaient-ils arrivés à créer aussi rapidement un lien aussi fort ? Ils donnaient l'impression de se connaître depuis des années.

Ils terminèrent le repas puis, à dix-neuf heures trente, Megan leur signifia que la séance de cartes éclair était finie.

– Tu vas à l'école demain, Jordan. Désolée…

Elle et Jordan raccompagnèrent Casey à la porte. Puis, Jordan se retourna et courut à nouveau vers sa chambre.

– Ne pars pas tout de suite, dit-il à Casey. J'ai oublié quelque chose.

Lorsque Jordan eut quitté la pièce, Megan capta le regard de Casey et le soutint. Maintenant qu'elle l'avait rencontré et qu'elle avait vu combien il était merveilleux avec son fils, elle se sentit honteuse de ne pas avoir assisté aux trois rendez-vous précédents.

– Écoutez, Casey, dit-elle à voix basse pour éviter que Jordan ne l'entende. Je suis désolée en ce qui concerne les trois derniers vendredis. J'aurais dû en faire une priorité.

– Ce n'est pas si grave. La bonne vieille Mme Eccles sera satisfaite de notre rencontre de ce soir.

Casey fit un clin d'œil à Jordan qui accourait vers eux avec un dessin qu'il flanqua entre les mains de Casey.

– Et en plus, nous avons passé un moment agréable, pas vrai, champion ?

– Oh oui !

Jordan tapa sa main dans celle de Casey et montra le dessin.

– Je l'ai fait pour toi.

– Oh là là, fit Casey en admirant le dessin. C'est parfait. Je vais le conserver pour toujours.

– Super, s'exclama Jordan, les yeux brillants plus que jamais. Devrions-nous parler à maman de la prière ?

– Non, répondit Casey en adressant à Megan un sourire naturel. Pour l'instant, gardons ce secret pour nous.

– Une prière secrète, hein ? s'informa Megan en lançant à Jordan un regard taquin. J'espère que c'est positif.

– Oui, affirma Jordan en hochant vigoureusement la tête en direction de Casey. Très positif.

Ils se mirent d'accord sur un lieu de rencontre pour la joute de base-ball du vendredi suivant et se dirent au revoir. Quand Casey fut parti, Megan aida Jordan à se mettre au lit et se rendit dans son bureau pour travailler.

Ce n'est qu'à ce moment qu'elle réalisa qu'elle avait oublié de s'informer auprès de Jordan à propos de la prière. Quoi qu'il en était, rien de mauvais ne pouvait résulter du fait qu'ils priaient pour elle, même si cela faisait des lustres qu'elles ne croyait plus à la prière. Elle étala ses notes de travail et plaça ses doigts sur le clavier.

Cependant, rien ne vint à ce moment, ni au cours de l'heure qui suivit.

Ce soir-là, à vingt et une heures trente, elle renonça finalement à tenter de travailler et alla se coucher. Avant de s'endormir, sa dernière pensée ne concernait pas la manière dont elle s'y prendrait pour gagner la cause sur son bureau, présenter un témoin ou compléter une preuve. Elle ne concernait même pas Jordan.

Elle pensait plutôt au sourire qui mettait des fossettes dans les joues d'un homme dont elle venait tout juste de faire la connaissance, un homme qu'elle avait l'impression d'avoir connu toute sa vie, simplement à cause d'une rencontre survenue par hasard dans Central Park.

Casey s'endormit tard ce soir-là. Il pensait à Amy.

Elle et Megan Wright n'avaient rien en commun. Amy était simple, tandis que Megan était cultivée. La simplicité d'Amy contrastait fortement avec l'adresse dont faisait preuve Megan en cour. Il n'y avait pas de doute que la mère de Jordan était jolie, mais Casey n'avait pas envie de passer beaucoup de temps avec une femme au cœur entouré d'une muraille.

Ce soir-là, il pria tout de même pour elle, comme chaque soir depuis que lui et Jordan avaient conclu ce pacte. Plus tôt dans la soirée, le garçon avait parlé d'une prière secrète. C'était exactement cela. Casey avait deviné que, si Megan avait su qu'ils priaient pour qu'elle croie de nouveau en l'amour, elle leur aurait ordonné de cesser de le faire. Elle avait cette sorte de présence imposante.

Casey était heureux que Megan ait découvert où ils s'étaient déjà vus. Le parc, évidemment. C'était tout à fait logique. Puisque tous les deux fréquentaient East Meadow, ils étaient destinés à se rencontrer cet après-midi-là. Tandis qu'il s'endormait dans son fauteuil inclinable en écoutant *Sports Center* à la télévision, une pensée étrange le surprit.

Ce jour-là au parc, il devait avoir aperçu cette femme seulement brièvement. Il n'arrivait plus à se rappeler ce moment dont elle lui avait parlé, alors qu'il était assis sur le banc, parce qu'il avait été trop captivé par son passé pour remarquer une femme étrange en train de l'observer d'une certaine distance.

Or, s'il ne se souvenait pas de l'avoir vue, pourquoi donc lui semblait-elle si familière ?

CHAPITRE 10

Megan voulait en apprendre davantage sur Casey Cummins et la joute des Nets lui en donna une première occasion.

C'était la mi-temps et ensemble ils attendaient Jordan à l'entrée des toilettes des hommes. Elle s'était appuyée contre le mur et lui avait donné un coup de coude.

– Casey, j'aimerais te poser une question.

– Vas-y.

– Pourquoi cette journée avait-elle été si dure ?

Casey aurait eu l'air tout aussi confus si elle lui avait demandé de descendre les marches du stade en volant.

– Que veux-tu dire ?

– Je parle de ce jour-là au parc, la première fois que je t'ai vu, précisa-t-elle.

Elle avait pris un ton neutre, ni séduisant ni insistant. Elle espérait qu'il laisserait alors un peu tomber ses défenses et qu'il se confierait à elle. Son fils s'était entiché de cet homme et elle souhaitait connaître plus que son nom et sa profession.

– Pourquoi cette journée avait-elle été si dure ? lui demanda-t-elle de nouveau.

– C'était mon huitième anniversaire de mariage, lui avoua-t-il.

Les muscles de son visage s'étaient quelque peu détendus et la souffrance qu'avait vue Megan cet après-midi-là au parc réapparut un instant dans ses yeux.

– Oh, je n'aurais pas dû poser cette question, s'excusa Megan en baissant les yeux vers le plancher en céramique.

– Ça va.

Casey glissa les mains dans les poches de son veston et appuya ses épaules contre le même mur.

– J'ai remarqué Jordan parce qu'il m'a fait penser à mon petit garçon, poursuivit-il.

Megan aurait voulu disparaître dans un trou. Ce que Casey avait partagé avec son épouse avait certainement été beaucoup plus enrichissant, beaucoup plus valable que son mariage avec George. Elle s'apprêtait à s'excuser lorsqu'il prit la parole.

– Maintenant, à ton tour.

– C'est équitable, admit-elle en lui adressant un sourire triste.

Il renversa un peu la tête vers l'arrière et la regarda dans les yeux.

– Pourquoi ne crois-tu pas à l'amour ?

Avant que le cœur de Megan ait la chance de retrouver un rythme normal, Jordan sortit des toilettes et reprit sa place entre eux deux.

– Maman, je peux avoir un hot-dog avant la deuxième mi-temps ? S'il te plaît.

– Pas maintenant, d'accord ? lui murmura-t-elle au-dessus de la tête.

– D'accord.

Casey sourit d'un air sous-entendant qu'il doutait qu'elle lui aurait fourni une réponse de toute façon.

À la fin de la soirée, Casey annonça à Megan et Jordan qu'il détenait quelques billets pour une joute de football, ce dimanche au Giant Stadium. Cette fois, lorsque Casey lui demanda de les accompagner, Megan accepta avec moins d'hésitation. La partie fut très serrée et, vers la fin, tous les trois hurlaient à pleins poumons.

– Rien de mieux qu'une joute de football avec les Giants ! s'était exclamé Casey. Rien de mieux ! criait-il pour couvrir les acclamations de la foule.

Vers la fin du week-end, Megan avait l'impression d'avoir connu Casey Cummins toute sa vie. Elle s'attendait toujours à ce que l'attention que lui portait son nouvel ami finisse par s'éteindre maintenant qu'ils avaient respecté le règlement du programme. L'intérêt de

Casey portait sur Jordan, pas sur elle. Cependant, quelques soirs plus tard, Casey téléphona et ce fut Megan qui prit l'appel.

– Allô ?

– Devine quoi ! fit-il.

– Quoi ?

Megan avait fait en sorte que leur amitié demeure très simple et pratique, malgré les questions inquisitrices qu'elle lui avait posées à la partie de base-ball. Cependant, elle ne pouvait parfois s'empêcher de ressentir une sorte d'émotion lorsqu'elle entendait sa voix.

– Il neige ! s'est-il exclamé comme l'aurait fait un garçon de l'âge de Jordan.

– Oui, et il est dix-neuf heures, ne put-elle s'empêcher de dire en ricanant.

– L'heure idéale pour patiner au parc. À la patinoire Wollman, Megan, poursuivit-il après avoir hésité quelque peu. Qu'en dis-tu ? Toi et Jordan, préparez-vous. Nous allons lui faire une surprise, d'accord ?

– Eh bien…

Toute cette histoire l'amenait à se demander ce qu'il en était de sa fermeté, de sa détermination inébranlable. Cependant, elle n'osait pas exprimer ses sentiments. Jusqu'à maintenant, elle n'en avait pas parlé à sa mère et, si elle était sensée, elle se les cacherait aussi à elle-même. Après tout, cet homme ne cherchait pas une relation sentimentale. Il était encore amoureux de son épouse décédée. De plus, il ne serait pas très sage de s'enticher de l'ami spécial de Jordan. Elle jeta un coup d'œil à l'horloge du micro-ondes.

— Tout de suite, lui demanda-t-elle, surprise.

— Ah, allez Megan ! on ne vit qu'une fois.

— Je ne sais pas... fit-elle après avoir hésité juste assez longtemps pour qu'il puisse saisir l'opportunité.

— Bien ! Je vais vous chercher dans vingt minutes.

Jordan était fou de joie et il ne cessa de parler jusqu'à mi-chemin du premier tour de piste, jusqu'au moment où Megan tomba à califourchon.

Le visage de Jordan prit une expression d'inquiétude, mais Casey pouffa de rire en tendant la main à Megan pour l'aider à se relever.

— Si les juges te voyaient, hein ?

— Assez, fit-elle, prise d'un fou rire.

Jordan se détendit et éclata de rire lui aussi. Elle se remit sur pied en grimaçant et ôta la glace de son pantalon en lainage. Elle ne retomba plus du reste de la soirée. Au retour, Jordan embrassa Casey et entra vite dans l'appartement, le laissant avec sa mère sur le seuil. Les deux adultes éaient encore tout essoufflés à force d'avoir ri.

Leur regard se croisa et se figea un instant. Megan pensait à une foule de questions qu'elle avait envie de lui poser. Que leur arrivait-il et où cela les mènerait-il ? Et surtout, n'était-ce pas merveilleux de rire à nouveau ? Or, elle était certaine que de telles questions feraient fuir Casey à toute allure. De plus, ce qu'elle éprouvait découlait certainement du fait d'avoir patiné dans Central Park en décembre – un moment magique. Et la magie n'était pas toujours logique.

Ce moment passa et les jours commencèrent à s'entremêler. Chaque fois qu'elle se joignait à Casey et Jordan lors d'une sortie ou durant quelques heures au parc, elle croyait que c'était la dernière fois, qu'elle n'avait pas sa place avec eux puisque, maintenant qu'elle avait rencontré Casey, elle avait répondu à l'exigence du programme qui, en réalité, s'adressait à eux deux.

Et non à tous les trois.

Cependant, Casey continuait à l'inviter et elle acceptait chaque fois les invitations.

Ils assistèrent à une pièce de Noël dans un théâtre situé près de Broadway. Puis, quelques soirs plus tard, il les invita dans son café, un lieu chaleureux et bien décoré avec des affiches et panneaux de rues de Broadway. L'homme imposant qui se tenait derrière le comptoir accueillit Megan et Jordan avec une poignée de main cordiale.

– Voilà pourquoi mon vieux Casey ne s'est pas pointé très souvent ces derniers temps, hein ? dit-il en affichant un sourire qui illumina la pièce.

Après que Casey eut installé Megan et Jordan à une table près de la fenêtre, elle le regarda se faufiler dans le café et faire un brin de causette avec quelques clients. De toute évidence, c'était un homme d'affaires qui avait du succès et qui était apprécié. Elle le suivit des yeux lorsqu'il retourna vers le comptoir. Elle vit l'homme qui les avait accueillis se pencher et murmurer quelque chose.

En guise de réponse, Casey se contenta de sourire et de soulever les mains dans les airs. Quand il revint à la table, Megan voulut en savoir davantage :

– Dis moi, tu as des problèmes avec ton personnel à cause de nous ?

– À peine, répondit Casey en souriant. Et maintenant, qu'allons-nous commander pour dîner ?

Novembre avait été très occupé pour Megan, mais en décembre le rôle des causes marqua un ralentissement. La plupart des audiences ne servaient qu'en vue des reprises d'instances après les Fêtes et Megan se rendit compte qu'elle avait hâte de passer du temps à l'extérieur de son bureau.

Toutefois, elle s'inquiétait de ce qu'il adviendrait en janvier lorsque son horaire de travail redeviendrait chargé et que sa relation avec Casey aurait perdu un peu de sa nouveauté. Elle devait se rappeler constamment qu'il n'était pas là pour elle mais bien pour Jordan. Elle se promit qu'après décembre elle les laisserait se rencontrer sans elle.

Un jour où Megan était sur le point de partir pour son travail, sa mère l'avait interpellée :

– Il devient amoureux de toi, Megan, ne le vois-tu pas ? Et toi, l'aimes-tu ?

– Ne sois pas ridicule, maman. Nous sommes des adultes responsables et personne n'est en train de s'amouracher. Je ne fais qu'aider Jordan à mieux le connaître.

– Oui et, moi, je suis le lapin de Pâques.

Sa mère s'était fait claquer la langue, avait plissé les yeux et gardé le silence un bon moment.

– Ne fais pas de mal à ce garçon, Megan. Je te connais.

– Maman, pour l'amour de Dieu. C'est moi qui ai inscrit Jordan à ce programme. Le blesser dans sa relation avec Casey est bien la dernière chose que je ferais.

Sa mère baissa le menton et la toisa d'un air qui lui fit l'effet de flèches en plein cœur.

– Je ne parle pas de Jordan mais de Casey. Si cet homme ne t'intéresse pas, ne l'encourage pas, dit-elle d'un ton plus bas après avoir fait une pause.

Megan vit la colère et la frustration s'entremêler et bouillonner à la surface de son cœur. Comment pouvait-elle avouer à sa mère que, oui, elle était amoureuse ?

Surtout qu'elle était presque convaincue que Casey ne partageait pas ses sentiments. En plus, c'était bien elle, n'est-ce pas, qui ne croyait pas à l'amour. Sa mère avait peut-être raison. Peut-être était-il temps de se rappeler ce fait afin d'éviter qu'aucun d'entre eux ne soit blessé.

Elle respira bruyamment.

– Je ne l'encourage pas. C'est un ami, maman. Rien de plus.

Les jours s'écoulaient et tous les trois continuaient de trouver des façons de se rencontrer. Ils se promenèrent dans Central Park et firent une bataille de boules de neige dans le champ entre le terrain de tennis et l'étendue d'eau. Casey se gela presque les doigts.

– Où sont tes gants ? lui avait-elle demandé avant de s'effondrer à côté de lui sur le banc le plus près pour surveiller Jordan qui assaillait les buissons de boules de neige.

– Je les ai perdus au café la semaine dernière, répondit-il en haussant les épaules. Je vais survivre. Je peux toujours mettre les mains dans les poches de mon manteau.

Ils firent des emplettes chez Macy et admirèrent les lumières de la ville en se baladant en calèche. Après l'avertissement de sa mère, Megan prit soin d'éviter que son bras n'effleure celui de Casey, qui aurait pu mal interpréter ce geste. Et tout aussi merveilleuses qu'étaient leurs soirées ensemble, jamais il ne donna l'impression d'être intéressé à elle.

Deux jours avant Noël, Casey téléphona à Jordan et discuta avec lui durant quelques minutes. Puis, il demanda à parler à Megan.

– Allô ?

– Eh, dis donc… j'aimerais apporter un cadeau à Jordan. Je peux passer demain ?

Au son de sa voix, Megan sentit un pincement au cœur. Le mois s'achevait et étrangement, elle avait l'impression qu'ils vivaient leurs derniers jours ensemble, qu'après le Nouvel An tout changerait. Or, pour le moment, elle ne voulait absolument pas laisser passer une occasion de rencontre pour eux trois.

– Ce serait parfait. Pourquoi ne viendrais-tu pas dîner avec nous ? Maman et moi, nous cuisinerons un dindon pour la veille de Noël.

– Cela ne vous dérange pas ?

– Bien sûr que non. Nous aimerions que tu viennes, ajouta Megan après d'être souvenue de prendre un ton détaché.

Jordan fut enchanté de cette idée et la mère de Megan promit de se comporter convenablement. À son arrivée, Casey offrit à Megan une boîte d'amandes rôties et un bouquet de roses blanches.

Il les lui tendit, puis frotta ses mains nues.

– J'espère que les fleurs ne sont pas gelées, dit-il.

Megan prit le bouquet et, durant un court instant, se demanda s'il avait délibérément choisi le blanc plutôt que le rouge.

— Elles sont magnifiques, Casey. Merci.

— J'ai pensé qu'une procureure de New York ne devait pas recevoir des fleurs trop souvent.

Il regarda Jordan et lui remit une boîte emballée.

— Et votre fils n'a pas été d'une grande aide pour fournir des suggestions de cadeaux pour sa maman, poursuivit-il.

— Je peux l'ouvrir ? demanda Jordan, qui avait placé ses doigts dans le pli du papier d'emballage et qui attendait le feu vert.

Megan et Casey se mirent à rire et Casey lui fit un signe affirmatif.

— Sûr, champion.

Jordan déchira le papier et trouva à l'intérieur le genre de gant de base-ball qu'il désirait depuis trois mois.

— Oh là là, je n'arrive pas à y croire. On peut l'essayer, hein ? Est-ce qu'on peut ?

— Je vais te dire une chose…

Casey s'accroupit à la hauteur de Jordan. Il prit le gant et le plia en deux près de la base du pouce.

— Garde-le plié comme ça sous ton matelas et, quand la neige aura fondu, tu pourras attraper les balles encore mieux que McGwire.

Une atmosphère agréable imprégna la préparation et la dégustation du repas. Après, Casey reçut de la part de Jordan une photo d'eux encadrée pour mettre sur le mur du café, et de la part de Megan une paire de gants.

Des gants rouges.

– Jordan m'a dit que tu lui avais appris que le rouge était la couleur du don. Et je trouve que tu es une personne très généreuse, ajouta-t-elle après avoir incliné la tête.

Son ton se modifia et devint quelque peu taquin.

– De plus, sans gants tu ne vaux pas grand-chose lors d'une bataille de boules de neige.

Un air triste et distant vint assombrir l'expression de Casey durant quelques secondes.

– Ouais.

Puis, il sourit et fit glisser les gants dans ses mains.

– Le rouge est la couleur du don et avec ces gants, dit-il en lançant un regard vers Jordan , je vais certainement améliorer mon lancer de boules de neige.

Lorsque l'échange de cadeaux fut terminé, ils jouèrent au Monopoly et écoutèrent *La vie est belle*. Bien avant que l'ange ait ses ailes, la mère de Megan s'excusa pour aller se mettre au lit et Jordan s'endormit. Puis, Megan éteignit la télévision et la pièce ne fut éclairée que par la lueur de l'arbre de Noël.

Megan s'apprêtait à transporter Jordan dans sa chambre lorsque Casey se leva et tendit les bras.

– Je m'en occupe.

Elle se rassit et le regarda prendre Jordan dans ses bras pour aller le porter dans la chambre du garçon. « Ne te fais pas cela à toi-même, Megan. Rien de bon ne peut naître de tes sentiments. C'est une ombre, une illusion, une supercherie. Garde les pieds sur terre et personne ne sera blessé », se surprit-elle à penser.

Cependant, son cœur se mit à battre de plus en plus fort lorsque Casey fut de retour dans la pièce. Elle avait du mal à garder les pieds sur terre puisque depuis longtemps la bonté de Casey l'avait fait chavirer.

Il emplit deux grosses tasses de café et revint s'asseoir près d'elle sur le canapé.

– Voilà.

– Merci, murmura-t-elle.

Elle appréciait l'éclairage tamisé qui empêchait Casey de remarquer qu'elle avait les joues enflammées.

– Jordan était vanné, ajouta-t-elle.

Casey eut un rire étouffé et secoua la tête.

– Je n'ai jamais vu un enfant aussi énergique.

Megan voulut lui dire que Jordan n'avait pas toujours été ainsi, mais soudain elle se sentit timide, incapable de trouver les bons mots. Casey était si près d'elle qu'elle sentait son eau de Cologne. Elle n'arrivait pas à décider si elle voulait lui souhaiter bonne nuit ou trouver une façon de prolonger la soirée d'une heure encore.

Casey prit une gorgée de café et tint la tasse sur ses genoux.

– Eh bien ! Cette fois, tu ne peux esquiver la question, Megan.

– Quelle question ?

Casey hésita, puis il capta son regard. Elle sentait son grand cœur, sa sollicitude et le fait qu'il ne plaisantait pas.

– Pourquoi ne crois-tu pas à l'amour ? t'ai-je demandé un jour.

Megan fit une pause pour reprendre son souffle. Puis, elle fit de son mieux pour se composer un air taquin.

– Pourquoi cette question ?

– Parce que…

Casey se pencha vers elle pour repousser une mèche qui était tombée dans son visage. La sensation des doigts de Casey sur son front éveilla en elle le désir ardent d'un baiser, ce qui la surprit. Il laissa sa main retomber sur ses genoux et sa voix devint un murmure.

– Parce que je crois que tu ne reconnaîtrais pas l'amour même s'il était assis à tes côtés à une joute des Giants, continua-t-il.

Megan s'efforça de n'interpréter cette phrase d'aucune façon. À la place, elle inspira lentement et posa sa tasse sur la table d'accoudoir.

– Tu veux vraiment savoir ?

– Vraiment, fit Casey en hochant la tête.

– D'accord, je vais te le dire.

Alors, dans des mots soigneusement choisis parfois teintés de tristesse, c'est ce qu'elle fit. Elle lui parla de son père qui les avait quittés subitement, de sa rencontre avec George et de sa conviction que leur vie commune serait tout ce que celle de ses parents n'avait pas été.

– Mais il ne m'aimait pas, lui non plus. Pas vraiment.

Elle sentit sa lèvre qui tremblait et la mordit pour éviter de pleurer.

– Il voulait que je travaille mais, quelques jours après que j'ai passé mon examen du barreau, j'ai découvert que j'étais enceinte.

– Pourtant, il aimait Jordan, Casey affirma-t-il, comme s'il en savait davantage que ne le réalisait Megan.

– Oui, il l'aimait. Cependant, avec moi, c'était différent. Pour George, je n'ai jamais été rien de plus qu'une associée amiable.

– Et c'est la raison ? C'est pourquoi tu ne crois plus à l'amour ?

Casey avait pris une voix douce et tendre, ce qui a donné à Megan l'envie de tout lui révéler, même ce qu'elle n'avait jamais dit à personne.

– J'y ai déjà cru, il y a très longtemps.

Elle replia ses jambes vers elle et se plaça de façon à mieux voir Casey.

– Quand j'avais treize ans, ma mère nous a amenés à Lake Tahoe où ma tante possédait une propriété à un endroit privé du lac, dit-elle en appuyant sa joue contre le coussin du canapé. Le premier jour, j'ai rencontré un garçon.

Elle se sentit de nouveau dériver vers cette époque comme quelques mois auparavant lorsqu'elle s'était accordé la permission de faire remonter ses souvenirs.

– Lake Tahoe ?

Casey se rapprocha un peu et se redressa sur son fauteuil. Il paraissait plus attentif maintenant, absorbant chaque mot que prononçait Megan.

– Oui.

Megan sourit et sentit une vague de larmes dans ses yeux.

– Il s'appelait Kade. En fait, c'est à peu près tout ce dont je me souviens. Kade de Lake Tahoe. Il avait quinze ans et il m'a dit quelque chose que je n'oublierai jamais, ajouta-t-elle en essuyant une larme. Il m'a dit que le véritable amour était bon et bienveillant, et qu'il provenait de la Bible. Une sorte d'amour éternel.

Megan renifla doucement et poursuivit :

– Il m'a dit qu'il prierait pour moi tous les jours afin qu'un miracle me fasse connaître ce genre d'amour. Je ne l'ai jamais revu. Je pense que je l'ai pris pour un ange, ajouta-t-elle après avoir pris une gorgée de café.

– Hum.

Casey remua sur son siège et, pour la première fois depuis les dernières minutes, Megan remarqua qu'il n'avait plus l'air tout à fait à l'aise. Elle se demanda si elle avait dit quelque chose qui aurait pu le déranger. Peut-être cette discussion à propos de l'amour effrayait-elle Casey ? Ou peut-être son épouse lui manquait-elle en cette veille de Noël ?

Megan consulta sa montre et émit un petit rire sec.

– Désolée, je t'ai ennuyé et maintenant il est tard, dit-elle pour mettre fin à la soirée.

– Non… non, tu ne m'as pas ennuyé, Megan.

Il se glissa sur le bord du canapé et s'avança vers elle de sorte que leurs genoux se touchent. Puis, il lui caressa le visage du bout des doigts et poursuivit :

– Je trouve que c'est une belle histoire et elle n'a pas…La fin n'a pas nécessairement à être tragique.

Il fallut à Megan énormément d'efforts pour se concentrer et continuer la conversation. La proximité de Casey produisait en elle une bataille d'émotions qu'elle n'arrivait pas à maîtriser.

– La… la tragédie est déjà arrivée. George est mort avant que nous ayons appris comment vivre un tel amour.

Casey souleva le menton de Megan et il la regarda dans les yeux.

– Comment t'appelais-tu à cette époque ? Quel était ton nom de jeune fille ? lui demanda-t-il.

Cette question la prit par surprise et lui donna envie de rire.

– Pourquoi veux-tu savoir ca ?

– Parce que…

Casey la regarda droit dans les yeux, souhaitant atteindre les profondeurs de son âme.

– Je veux pouvoir me représenter exactement ce que tu étais à l'époque où tu voulais encore croire à l'amour, poursuivit-il.

– Je m'appelais Howard, dit-elle en haussant les épaules. Et je n'étais pas Megan, mais Maggie. Maggie Howard.

Même dans la faible lueur de l'arbre de Noël, le visage de Casey sembla perdre de son teint. À nouveau, Megan se demanda ce qui avait pu déclencher cette réaction. La magie du moment avait disparu. Casey se leva, prit ses gants rouges et la photo de lui et Jordan.

– Je crois que je ferais mieux de partir.

– Oui, fit Megan.

Elle s'en voulait d'avoir été aussi transparente. Casey se débattait avec ses propres fantômes la veille de Noël et il n'avait pas besoin d'entendre ses histoires à elle.

Ils se rendirent à la porte et, avant de partir, Casey lui prit encore une fois le visage dans le creux de la main. Il se pencha vers elle et, pendant un court instant, posa ses lèvres sur les siennes. Le baiser fut terminé avant même que Megan réalise ce qui s'était passé.

– Joyeux Noël, Megan, lui chuchota-t-il.

Ce n'est qu'après le départ de Casey que Megan se rendit compte d'une chose. La lueur dans les yeux de son ami n'était pas un reflet de l'arbre de Noël.

C'étaient des larmes.

CHAPITRE 11

C'était un miracle.

Il n'y avait pas d'autre explication. Dans Son immense miséricorde, Dieu avait surgi dans la vie de Casey Cummins pour lui offrir un miracle de Noël, le genre de miracle auquel Amy avait toujours cru.

Pourtant, ce n'était pas celui pour lequel il priait depuis les dernières semaines, ni celui qu'il espérait à coup sûr, du moins pas encore.

Casey avait la tête qui tournait et son cœur ne savait plus s'il voulait prendre son envol ou s'échouer à ses pieds. Il n'avait pas le goût de prendre un taxi pour rentrer chez lui. Alors, en sortant de l'appartement de Megan, il se mit à marcher dans la nuit froide d'un pas rapide et déterminé. Avant même d'avoir franchi un seul pâté de maisons, il sentit ses yeux se remplir de larmes.

Il n'avait rien demandé de tout ça. Son unique intention avait été de devenir l'ami d'un petit garçon, d'apporter l'espoir, la lumière et la guérison dans un cœur qui comme le sien connaissait la tristesse depuis deux ans. S'il avait su qu'il trouverait l'amour, jamais il n'aurait fait cet appel téléphonique. Amy méritait mieux. Après tout, cela ne faisait que deux ans. Deux ans. Comment osait-il offrir son cœur à une autre personne après si peu de temps ?

Ses pieds martelaient le sol, l'amenant en direction sud vers Central Park. Les lumières étaient encore allumées et des couples se promenaient sur les sentiers pavés. Casey emprunta les chemins les moins fréquentés et laissa ses larmes couler.

Il marcha jusqu'au banc au fond de l'aire de jeu d'East Meadow, l'endroit où il était si souvent venu avec Amy. Il s'assit et déposa les cadeaux de Megan et Jordan sur le bois froid. Comment était-ce possible ? Pendant tout ce temps qu'il avait passé avec Megan et son fils, Dieu avait orchestré les événements jusqu'à cette soirée, jusqu'à cette conversation avec Megan.

Et puis, il y avait autre chose. Avait-il perdu la tête ? L'embrasser !

« Amy… Amy, si tu m'entends, je suis désolé, ma chérie. Je t'aime et je t'aimerai toujours. »

Ses larmes coulaient librement et il se couvrit le visage avec les mains. En réalité, toute cette histoire était déjà en train de se jouer. Et il ne pouvait rien y faire. Se mettre en colère contre Dieu ne changerait rien à la vérité. Il aimait Megan d'une intensité qui l'effrayait et dont il n'était même pas conscient quelques heures auparavant. Il aimait Jordan aussi. Et maintenant… après ce qu'il venait tout juste d'apprendre… il avait la certitude qu'il allait partager sa vie avec eux, qu'il les aimerait et vivrait avec eux pour toujours.

Aussi sûr que c'était Noël, tout était sur le point de se concrétiser.

Momentanément, Casey souhaita qu'Amy soit là, à ses côtés, pour lui tenir la main, le serrer contre elle et lui dire que tout était parfait ainsi, que ni l'un ni l'autre n'avait de pouvoir sur le temps qui poursuivait sa course malgré les pertes, les sentiments et les souvenirs.

Et que parfois la vie pouvait être aussi douloureuse que la mort.

Les larmes mouillaient ses doigts, qu'une rafale de vent venait geler occasionnellement. Il inspira, puis se rappela le cadeau que lui avait offert Megan. Des gants rouges. Il les retira de leur emballage une seconde fois et les enfila. Alors… en se regardant les mains, il prit conscience d'une chose.

Amy lui avait dit que le rouge était la couleur du don. Cette idée venait d'elle, pas de lui. Et s'il existait une chose qu'elle aurait voulu lui donner en ce Noël, c'était la liberté, la liberté de prendre son envol et d'aimer à nouveau. Elle aurait voulu le libérer de la souffrance qu'il éprouve de l'avoir perdue.

Elle lui avait tant donné dans la vie et maintenant, dans la mort, elle lui offrait ce don. Or, si c'était vrai, s'il allait prendre son envol et poursuivre sa vie, il devait lui dire au revoir. Il leva les yeux au ciel et s'exprima d'une voix à peine audible. « Amy… Je n'ai pas voulu que les choses se passent ainsi. Tu le sais. Mais…c'est ce qui est arrivé… et cette réalité ne peut provenir que d'un miracle. »

Il essuya ses larmes avec les gants rouges et se replongea dans ses souvenirs de la soirée avec Megan. « Je l'aime, Amy. Je l'aimais même avant de découvrir l'histoire du miracle. J'aime aussi son fils. Et je me suis trompé en ce qui vous concerne toutes les deux. Je pense que tu l'aurais aimée. Peut-être même beaucoup. » Il sentit une autre larme rouler sur sa joue et sa gorge se serra. « Je te garderai toujours près de mon cœur, Amy. Mais maintenant… maintenant, je dois prendre mon envol. » Il fit une pause. « Adieu, Amy, mon amour. Adieu. »

Il resta assis là un bon moment, espérant une chance de la voir une dernière fois. Puis il ferma les yeux pour sentir sa présence. Quelque chose dans son cœur avait lâché prise et, à cet instant, il se sentit intérieurement tout aussi frais et vivant que la neige nouvellement tombée. Il sécha ses larmes encore une fois et se leva. Sans se retourner, il courut jusqu'à la rue la plus proche et héla un taxi.

Le temps des pleurs était terminé et Casey aborda la réalité en face. C'était le vingt-quatre décembre et un miracle tout aussi étonnant que celui de Noël lui-même était sur le point de s'accomplir. Portant le cadeau de Jordan sous son bras, il monta au pas de course les marches menant à son appartement et se rendit dans sa chambre à coucher. La boîte se trouvait dans un coin au fond de son placard, coincée entre ses vêtements, à un endroit qu'il avait toujours su repérer.

Casey la sortit et fouilla à l'intérieur jusqu'à ce qu'il trouve sa vieille Bible, celle qu'il possédait à l'âge de quinze ans.

Puis, aussi soigneusement et rapidement qu'il le put, il le feuilleta pour atteindre le treizième chapitre – la première Épître aux Corinthiens –, là où il était sûr de la trouver. Effectivement, elle y était. La fleur séchée mauve, celle que lui avait donnée Maggie cette semaine-là. Là où la fleur avait été déposée, une phrase était écrite à la main : « Prie afin qu'un miracle se réalise pour Maggie Howard. »

Casey fixa la phrase jusqu'à ce que les mots s'embrouillent et forment des pins hauts et fiers sur la plage sablonneuse de Lake Tahoe. Il y était allé chaque été avec ses parents, même après sa rencontre avec Maggie.

Chaque année, jusqu'à la fin de ses études secondaires, il l'avait cherchée, mais elle n'était jamais revenue au lac.

Elle lui avait paru si triste à cette époque, convaincue que l'amour était une supercherie. Et lui, fils de pasteur, il était si sûr du contraire. L'amour était bon, bienveillant, pur et vrai. L'amour ne mourait jamais. N'était-ce pas le message de son enfance, celui que son père prêchait de sa chaire chaque dimanche ?

Il s'appelait Kade Cummins.

Cependant, au cours de sa première année dans l'équipe de base-ball, les joueurs avaient commencé à le désigner par ses initiales, K.C. Puis, bientôt, ce fut son nom. Casey Cummins. Il avait tenu sa promesse à Maggie, priant pour elle chaque fois qu'il ouvrait sa Bible jusqu'à ce qu'il quitte les États-Unis pour aller à Haïti. Cette année-là, son père lui avait remis une nouvelle Bible en guise de présent de départ et il avait rangé la vieille dans une boîte avec ses trophées de base-ball et quelques souvenirs de l'école secondaire.

Cette année-là à Haïti, il avait encore souvent pensé à Maggie.

Or, après avoir rencontré Amy, ses pensées avaient pris une autre direction et, ce soir – quand Megan lui avait raconté son histoire –, les morceaux du puzzle s'étaient enfin entièrement mis en place. Il avait prié pour Maggie Howard pendant des années pour qu'un jour elle connaisse l'amour véritable. Et puis, quand sa propre vie n'était devenue qu'une occasion de se souvenir du passé, Dieu les avait réunis afin que lui-même puisse incarner le miracle pour lequel il avait prié durant toutes ces années.

Et le miracle s'était réalisé la veille de Noël.

Si ce n'était pas un miracle de Noël, Casey se demandait quoi d'autre cela pouvait bien être.

Évidemment, le miracle n'était pas tout à fait accompli et ne le serait pas avant qu'il puisse regarder Maggie dans les yeux – ces yeux qu'il avait vus pour la première fois dans sa jeunesse – et être convaincu qu'elle croyait de nouveau à l'amour, l'amour dont il lui avait parlé sur les rives ensablées de Lake Tahoe.

Il était presque minuit. Malgré l'heure tardive, Casey prit le téléphone, composa le numéro de Megan et attendit. Elle répondit à la troisième sonnerie.

– Allô ?

– Megan, c'est moi, Casey. Je suis désolé d'appeler si tard.

– Non… non, ça va. Je n'étais pas couchée. Tu vas bien ? J'ai l'impression que quelque chose ne va pas, poursuivit-elle après avoir quelque peu hésité.

– Tout va bien, mais j'ai une faveur à te demander.

– Bien sûr, Casey, fit-elle d'une voix qui laissait percevoir son soulagement. Tout ce que tu voudras.

Casey parla aussi lentement et calmement qu'il le put.

— Demande à ta mère de rester avec Jordan demain matin et viens me rencontrer à dix heures à East Meadow, sur le banc près du grand toboggan.

Il s'interdit d'en révéler davantage.

— S'il te plaît, Megan.

— D'accord. Je serai là à dix heures, répondit-elle après un moment.

Casey trouva une carte de Noël et se mit à écrire. Quand il eut terminé, il ouvrit le tiroir du haut de sa commode, à la recherche d'un vieux coffret en velours. Son cœur battait très fort lorsqu'il fouilla le contenu. L'ajustement ne serait peut-être pas parfait, mais cela irait pour ce qu'il avait en tête.

Le sommeil tardait à venir, mais Casey n'en fut pas importuné. Il ne pouvait s'arrêter de penser à ce qui venait d'arriver et, surtout, à la parfaite synchronisation des événements. Tout se mettait en place le plus beau jour de l'année, le jour où les miracles se produisent vraiment, le jour de Noël.

CHAPITRE 12

Megan arriva à dix heures précises.

Le temps était froid et venteux. En ce matin de Noël, la plupart des gens étaient encore en train de déballer leurs présents dans une atmosphère familiale chaleureuse. Megan jeta un regard au-delà de l'aire de jeu, vers le banc près du grand toboggan, un peu enfoncé dans les buissons. Elle ajusta son long manteau de laine autour de son cou et souleva son col afin de se protéger d'une rafale en provenance du bassin d'eau.

Casey n'était pas là.

Elle consulta sa montre et constata qu'il était dix heures une minute. Étrange… Casey était toujours ponctuel. Elle avança vers le banc en prenant soin de ne pas glisser sur le gravier glacé. Elle était à quelques mètres lorsqu'elle l'aperçut.

Un cadeau emballé reposait en plein milieu du banc. Son cœur se mit à battre plus vite et elle scruta de nouveau les environs à la recherche de Casey. Était-il venu uniquement pour lui laisser ce présent ? Cela lui paraissait curieux. Après tout, il lui avait apporté des roses la veille et, s'il avait voulu lui offrir autre chose, il l'aurait fait à ce moment-là.

Grelottante, elle franchit la distance jusqu'au banc. C'était un gros cadeau, à peu près de la dimension d'un livre volumineux. Sur le dessus, elle trouva une carte sur laquelle son nom était inscrit. Sous le ruban, elle découvrit une petite azalée séchée d'un mauve pâle teinté de brun autour des pétales. Megan la porta à son visage et huma la faible odeur de moisi. Cette fleur lui rappelait quelque chose, mais quoi ? Où l'avait-elle déjà vue ?

Éloignant le cadeau de son visage, elle examina à nouveau l'aire de jeu. « Casey ? » Elle attendit, mais aucune réponse ne vint. Il avait dû laisser le cadeau, mais pourquoi ? Pourquoi ici et pourquoi était-il parti ?

Elle ouvrit l'enveloppe, sortit la carte et la lut.

« J'ai prié pour toi des milliers de fois, Maggie Howard. Déballe ce présent et consulte la première Épître aux Corinthiens, chapitre treize. Alors tu comprendras. »

Les mains de Megan se mirent à trembler. Elle sonda les alentours, toujours à la recherche de Casey. Le vent soufflait dans sa chevelure et elle dégagea ses cheveux de ses yeux. Pourquoi disait-il qu'il avait prié pour elle des milliers de fois ? Et pourquoi l'avait-il appelée par son nom de jeune fille ? Elle plaça la délicate fleur séchée dans la carte, qu'elle mit dans sa poche.

Sans attendre un instant de plus, elle glissa ses doigts sous un pli du papier et découvrit son présent. L'emballage dissimulait une vieille Bible usée, craquelée et pâlie. Dans le coin inférieur droit, le nom du propriétaire était gravé : Kade Cummins.

Megan eut le souffle coupé et faillit laisser tomber la Bible. De sa main libre, elle se porta les doigts à la bouche et fixa la couverture. Tout se mit à bouger autour d'elle. Comment Casey avait-il obtenu la Bible de Kade ? et la fleur ? Était-ce celle-là même qu'elle avait cueillie vingt ans auparavant ? celle qu'elle avait demandé à Kade de conserver en souvenir d'elle ? Où Casey voulait-il en venir en lui demandant d'ouvrir la Bible tout de suite, ici ?

Elle plaça la Bible sous son bras et relut la carte. La première Épître aux Corinthiens, chapitre treize. Megan glissa la carte dans la première moitié du gros livre et, après quelques minutes frénétiques, repéra l'endroit. Là, écrits dans une encre pâlie, des mots firent cesser les battements de son cœur.

« Prie afin qu'un miracle se réalise pour Maggie Howard. »

Plus rien n'avait de sens et Megan craignit de s'évanouir. Si c'était la Bible de Kade, comment Casey s'était-il retrouvé en sa possession ? Et pourquoi disait-il dans la carte que lui et non Kade avait prié pour elle ? Serrant la Bible contre sa poitrine, elle s'apprêtait à s'asseoir sur le banc lorsqu'elle entendit un bruit derrière elle. Son cœur bondit et elle se retourna.

– Joyeux Noël, Maggie, fit Casey, les yeux brillants, en venant vers elle.

– Casey… pourquoi… comment as-tu obtenu ceci ?

Il s'arrêta près d'elle, prit la Bible et la déposa sur le banc. Puis, il enveloppa ses mains dans les siennes et répondit :

– Kade. Je m'appelle Kade.

À ces mots, le visage de Megan devint livide.

– Non… dit-elle en secouant la tête. C'est… c'est impossible. Kade était…blond, maigrichon et il avait des taches de rousseur… Tu es Casey… C'est impossible.

Sa voix s'estompa, les mots lui échappaient. Aussi forte que pouvait être Megan Wright à la cour, soudain elle eut de nouveau treize ans et souhaitait désespérément croire en un amour qui ne meurt pas.

– Maggie, c'est moi. Je le jure.

Casey dut deviner qu'elle était sur le point de tomber. Il l'approcha de lui pour la soutenir et poursuivit :

– J'ai perdu mes cheveux blonds et mes taches de rousseur à vingt ans. Et tout le monde m'appelle par mes initiales depuis l'école secondaire.

Les sentiments se bousculaient dans le cœur de Megan : le doute, le choc et une forte impression de rêver.

– Tu... t'es développé, réussit-elle à dire après s'être rappelé de respirer.

– Oui, acquiesça Kade, un petit ricanement retentissant dans sa poitrine tandis qu'il lui ébouriffait les cheveux.

– Je n'arrive pas à... Est-ce bien vrai ? Tu es vraiment lui ?

– Oui. Et puis, tu vois, Maggie, j'avais raison à l'époque, n'est-ce pas ?

Elle était encore trop perturbée pour répondre, tellement étonnée de se retrouver dans les bras d'un homme qui, longtemps auparavant, lui avait donné une raison d'espérer et de croire à l'amour. Et maintenant... maintenant, c'était ce qu'il venait d'accomplir de nouveau, avant même qu'elle sache qui il était.

– Tu te souviens de la prière secrète que Jordan et moi avions pour toi ?

– Oui... oui, je m'en souviens.

La force lui revenait dans les genoux et une joie explosive et une centaine de questions remplaçaient maintenant le choc.

– Pour quoi avez-vous prié ? s'enquit-elle.

– Nous avons prié pour qu'un miracle de Noël se réalise, pour que tu croies de nouveau à l'amour.

– Vous avez fait cela ?

– Eh oui. Une prière assez semblable à celle que j'ai récitée pour toi chaque jour quand j'étais plus jeune.

Megan scruta l'âme de Casey.

– Kade Cummins, est-ce vraiment toi ?

Il ne répondit pas avec des mots. À la place, il lui prit le visage entre les mains et l'embrassa. Ce ne fut pas comme le baiser furtif de la veille ; ce fut un baiser si tendre qu'il fit taire non seulement les doutes de Megan, mais aussi ses questions. Puis, il murmura « Maggie » contre la joue de son amoureuse. Maggie, le nom sous lequel il l'avait connue près de deux décennies auparavant.

– Maggie, je veux te dire quelque chose à propos de Jordan.

Perdue dans son étreinte, elle s'abandonnait d'une manière qu'elle n'aurait pas crue possible. Elle se força à croiser son regard, entièrement attentive à ce qu'il avait à lui révéler.

– Vas-y, je t'écoute.

– Je ne peux plus être son ami spécial, dit-il en reculant quelque peu afin d'étudier la réaction de Megan. Après tout ce qui vient de se passer, je ne pourrai jamais plus être seulement son ami spécial.

Megan regarda Casey fixement, incertaine de ce qu'il voulait dire. Pourquoi l'avait-il embrassée s'il ne prévoyait pas rester ?

– Tu… tu veux dire que tu nous quittes ?

– Mais non, ne sois pas stupide.

Casey lui saisit les mains et les embrassa encore une fois.

– Ce n'est pas ce que j'ai dit, poursuivit-il.

– Tu as dit que tu ne pouvais plus être son ami spécial.

– C'est vrai, je ne peux plus l'être.

Casey la fixa de nouveau dans les yeux, puis elle sentit son cœur vibrer.

– Parce que je voudrais... être son papa, poursuivit-il.

Il relâcha une de ses mains pour fouiller dans la poche de son manteau d'où il retira un tout petit objet brillant qu'il lui tendit en lui disant :

– Il... appartenait à ma grand-mère.

Un diamant solitaire scintillant, incrusté dans un magnifique anneau en or blanc !

Elle eut un léger mouvement de surprise, qu'il perçut. Il lui adressa un sourire, les yeux tout luisants de larmes. Soudain, elle devina la suite. Elle sut qu'il était sur le point de prononcer les mots qui changeraient leur vie à tout jamais.

Libre de toute crainte, de tout doute, elle n'aspirait plus qu'à dire oui. Casey glissa la bague dans son doigt. Puis il l'embrassa une fois de plus avant de formuler les paroles qu'elle désirait tant entendre.

– Épouse-moi, Maggie Howard. Épouse-moi et laisse-moi t'aimer comme tu as toujours souhaité l'être. Laisse-moi être le papa de Jordan. Laisse-moi te prouver que le véritable amour ne meurt jamais.

Il hésita. Megan sentit les larmes lui monter aux yeux. Casey poursuivit :

– Je te promets que nous nous souviendrons toujours de ce moment et que nous n'oublierons jamais que… les miracles de Noël se réalisent.

ÉPILOGUE

C'était à nouveau le mois d'octobre. Cela faisait un an qu'il avait écrit sa première lettre et, présentement, il était tout excité à l'idée d'en écrire une deuxième. Les parents de Jordan se trouvaient dans la pièce voisine. Il prit une feuille de papier dans le tiroir de son pupitre, là où ses devoirs de troisième année formaient une pile bien nette. Puis, il s'empara de sa plus belle plume et plaça sa main au-dessus de la feuille.

Cher Dieu...

Il sourit en examinant l'aspect de ses lettres, puis il aspira une grande bouffée d'air et poursuivit.

Cela fait longtemps que je veux vous écrire, mais j'ai attandu afin de pouvoir vous dire combien tout est merveilleux. Aussi, je peux vous écrire plus de choses maintenant parce que j'ai amélioré mon ortografe. J'espère que vous recevrez cette lettre parce que je veux vous dire que le papa que vous m'avez envoyé est le meilleur du monde entier. Il y a autre chose en plus. Ma maman croit à l'amour maintenant. Je l'ai entendue le dire à papa la veille de leur mariage.

Pour le mariage, j'ai mis mes plus beaux habits et tout le monde disait que vous étiez présent parmi nous. Moi aussi, j'ai senti votre présence et pas seulement parce que c'était le jour de la Saint-Valentin. Votre amour nous accompagne chaque jour de l'année.

Je le sais parce que papa l'a dit et papa connaît tout sur l'amour.

Enfin, je voulais vous remercier d'avoir lu ma lettre et d'avoir fait en sorte que tout aye si bien. Je vous récrirai l'an prochain. Avec amour, Jordan.

P.S. : Merci d'avoir entendu ma prière à propos d'une petite sœur. Maman m'a dit qu'elle arriverait avant Noël.

LA COLLECTION « GANTS ROUGES »

Bon nombre d'entre vous connaissent ma première histoire de Noël, *Un cadeau du ciel à Noël*. Dans ce livre, je racontais l'histoire d'une petite fille malade, d'un sans-abri amer et du cadeau qui a changé leur vie. En l'honneur de ce précieux cadeau du ciel, je vous suggérais, à la fin du livre, quelques projets « Gants rouges » que vous pouviez mettre sur pied seul, avec vos amis ou avec votre famille.

Parmi les centaines de lettres que vous m'avez fait parvenir depuis, un thème se démarque clairement. Vous aimez l'idée des miracles de Noël et des gants rouges. Rouge, la couleur qui symbolise Noël, le don ainsi qu'un cœur rempli d'amour et d'espoir.

C'est pour cette raison que j'ai décidé que les gants rouges d'*Un cadeau du ciel à Noël* réapparaîtraient dans chacune de mes histoires de Noël. C'est ainsi qu'est née la collection « Gants rouges » ; chaque livre qui en fera partie contiendra une nouvelle liste de projets du même nom. Voici ce que l'un d'entre vous m'a dit récemment : « J'ai acheté cinquante exemplaires d'*Un cadeau du ciel à Noël* pour les offrir à toutes les personnes que je connais. Je prie pour que nous apercevions des gants rouges partout autour de nous au cours des prochaines années. Je souhaite les voir aux mains des sans-abri, des personnes endeuillées, des enfants sans parents et des parents désespérés. Ainsi, les gants rouges deviendront un symbole de l'amour du Christ à Noël. »

C'est dans cette perspective que je vous présente les projets « Gants rouges » de cette année.

NOUVEAUX PROJETS « GANTS ROUGES »

1. Adoptez un orphelin ou une orpheline par l'entremise de Vision mondiale ou d'une autre organisation internationale dans laquelle vous avez confiance. Généralement, pour quelques cents par jour, vous pouvez améliorer la vie d'au moins un enfant et devenir le miracle de Noël quotidien de cette fille ou de ce garçon. Envoyez à l'enfant une paire de gants rouges. Puis, découpez sa photo et fixez-la à un gant rouge que

vous exposerez toute l'année quelque part dans votre demeure.

2. Communiquez avec le centre de services sociaux de votre localité pour connaître le nombre d'enfants en attente d'une famille. Inscrivez le nom de ces enfants sur une liste et, avec vos amis et les membres de votre famille, engagez-vous à prier pour chacun d'eux. Achetez-leur des cadeaux, de même qu'une paire de gants rouges, et apportez vos présents emballés au centre de services sociaux. Voyez à ce qu'ils soient offerts aux enfants sans famille.

3. Si vous êtes célibataire et que vous avez une grande disponibilité, vérifiez s'il existe dans votre région une organisation qui jumelle des enfants seuls à des adultes bénévoles. Prenez un engagement d'un an avec un enfant. En guise de premier cadeau, offrez-lui une paire de gants rouges comportant une explication comme quoi le rouge est la couleur du don.

4. Communiquez avec les responsables de l'école primaire ou de l'église de votre localité afin de repérer une famille qui est dans le besoin et qui habite votre quartier. Achetez des cadeaux aux

membres de cette famille et portez des gants rouges au moment de les leur apporter. Ornez vos paquets avec des gants rouges.

Je prie pour que ce Noël soit heureux pour vous et votre famille. Profitez-en pour oublier vos rancunes, pour briser les murs qui se sont érigés entre vous et les personnes que vous aimez. Le tout premier Noël, Dieu nous a donné le plus beau des présents. Voyez comme nous sommes enrichis – à l'instar de Casey Cummins – lorsque nous suivons Son exemple et faisons preuve de générosité, surtout envers un enfant.

Si vous désirez en apprendre davantage sur les projets « Gants rouges » qui ont été mis sur pied jusqu'à maintenant, consultez mon site Web : www.karenkingsbury.com

Vous pouvez également me transmettre un message dans mon livre d'invités. J'apprécie toujours avoir de vos nouvelles et connaître vos projets « Gants rouges ». Je les inscris dans mon site et peut-être seront-ils mentionnés dans mon prochain livre de la collection « Gants rouges ».

D'ici là, que la lumière et la présence de Dieu vous accompagnent au cours de l'année qui vient.

Imprégnée de Son amour,
Karen Kingsbury

www.karenkingsbury.com

Un extrait de
Un cadeau du ciel à Noël

Le présent qui avait changé leur vie à tous avait mené à cet événement : un mariage à Noël.

Rien n'aurait été plus approprié. Après tout, Gabrielle était un ange. Pas le genre avec une auréole, mais une personne dont on était porté à observer le dos d'un peu plus près. Pour voir s'il y avait des ailes.

Dans un banc, à l'arrière de l'église, Earl Badgett sentit ses yeux fatigués se mouiller. Un mariage à Noël convenait parfaitement à Gabrielle. Car si les anges se manifestaient, c'était surtout en décembre. Le temps de l'année où le présent de Gabrielle avait été si important pour lui.

Le présent de Gabrielle.

Il se rappelait mille souvenirs. Treize ans s'étaient-ils déjà écoulés ? Earl fixa son regard sur la silhouette de dentelle et de satin blancs devant lui. Gabrielle avait survécu. C'était le plus grand miracle.

Il essuya ses joues humides. *Elle avait réellement survécu.*

Mais ce n'était pas le seul miracle.

Earl observa Gabrielle qui souriait à son père. C'était le sourire étincelant et inoubliable d'une jeune femme sur le point de s'épanouir. Bras dessus, bras dessous, ils remontaient l'allée avec prestance. C'était un mariage simple. L'église était remplie de parents et d'amis venus partager ce tendre moment avec une fille qui le méritait plus que toute autre personne. Une fille dont d'amour et la simple présence illuminaient la pièce et qui faisait naître un sentiment de reconnaissance chez eux : ils avaient eu le privilège de connaître Gabrielle Mercer. Dieu l'avait prêtée un peu plus longtemps aux pauvres mortels qui faisaient partie de son entourage. Tous se sentaient choyés.

Gabrielle et son père étaient à mi-chemin dans l'allée. Gabrielle ralentit le pas, tourna la tête et aperçut Earl. Ses yeux avaient cet air insistant qui, comme toujours, lui alla droit au cœur. Ils échangèrent un bref sourire, un sourire lui signifiant qu'elle partageait son souvenir. Elle aussi se rappelait le miracle de ce fameux Noël.

Le sourire de Earl s'élargit sur son visage ridé. *Tu as réussi mon ange. Ton rêve s'est réalisé.* Son cœur palpitait de joie. Il avait peine à tenir en place. Tout son être voulait se lever pour l'acclamer.

Vas-y, Gabrielle !

Comme d'anciens amis perdus depuis longtemps, les souvenirs rejaillirent en lui. Emplissant son esprit, inondant ses sens, faisant battre son cœur, ils le ramenèrent dans le passé. À ce moment inoubliable, treize ans auparavant, où le ciel avait orchestré un événement tout aussi miraculeux que Noël lui-même. Un événement qui avait changé leur vie.

Un événement qui les avait sauvés.

Le temps recula... jusqu'à l'hiver où Earl avait rencontré Gabrielle Mercer.

Autre livre de la même auteure
aux Éditions AdA

Un cadeau du ciel à Noël

ROMAN

Karen Kingsbury

L'auteure du best-seller *De précieux miracles de Noël*

Pour obtenir une copie
de notre catalogue,
veuillez nous contacter :

Par téléphone au (450) 929-0296
Par télécopieur au (450) 929-0220
ou via courriel à
info@ada-inc.com